本书属于"十四五"国家出版规划项目
——"丝绸之路古典文学译丛"

本书属于国家社科基金重大项目
——"梵文研究及人才队伍建设"

梵语文学译丛

鸠摩罗出世

कुमारसंभव

[印度] 迦梨陀娑 著

于怀瑾 译

中西書局

"梵语文学译丛"总序

    在古代文明世界中,印度和中国一样,是当之无愧的文学大国。它产生了印欧语系最古老的诗歌总集,宏伟的两大史诗,丰富的神话传说和寓言故事,精美的抒情诗、叙事诗、戏剧和小说,以及独树一帜的文学理论体系。而且,印度古代文学产生过世界性影响,此影响依托的重要媒介是宗教。对中国和东北亚各国的影响媒介主要是佛教,对南亚和东南亚各国的影响媒介是佛教和婆罗门教兼而有之。而印度古代文学中的寓言故事以及古典梵语文学,对古代和近代世界的影响尤为普遍,范围远远超出亚洲。因此,在世界文学发展史上,印度古代文学无疑占有重要的一席。

    印度古代文学可分为五个时期:吠陀文学时期、史诗时期、古典梵语文学时期、各种地方语言文学兴起时期和虔诚文学时期,时间跨度为公元前 15 世纪至公元 19 世纪。梵语是印欧语系中古老的一支,也是古代印度 12 世纪以前的主流语言。从广义上说,梵语包括吠陀梵语、史诗梵语和古典梵语。我们通常所说的梵语主要是指史诗梵语和古典梵语。吠陀梵语可称为古梵语,或径称为吠陀语。史诗梵语相对于古典梵语而言,是通俗梵语。与梵语和梵语文学同时存在的还有印度各地的方言俗语及其文学。梵语和梵语文学自 12世纪开始消亡,由印度各种地方语言及其文学取而代之。

印度古代宗教发达,主要有婆罗门教、佛教和耆那教三大宗教。婆罗门教始终在印度古代文化中占据主流地位。同样,在 12 世纪之前的印度古代文学中,婆罗门教文化系统的梵语文学也占据主流地位。佛教和耆那教早期使用方言俗语,后期也使用梵语,故而,梵语文学也包括佛教和耆那教的梵语文学。

中国和印度有两千多年的文化交流史。佛教自西汉末年传入中国,东汉开始大量佛经得到翻译,历久不衰,至唐代达到鼎盛。佛经的输入,在语言、音韵、文体、题材、艺术表现手法等诸方面对中国古代文学的发展产生过深远影响。然而,佛教文化只是印度古代文化的一个组成部分。同样,佛教文学也只是印度古代文学的一个组成部分。而我国古代高僧只注意翻译佛教经籍和文学,所以从汉语《大藏经》中无法了解印度古代文学全貌。

20 世纪上半叶,以获得诺贝尔文学奖的印度诗人泰戈尔访华为机缘,中印文化交流出现新的高潮。中国文学界在翻译介绍以泰戈尔为代表的印度现代文学的同时,也注意到印度古代文学,尤其是迦梨陀娑的作品,出现多种从英语或法语转译的《沙恭达罗》汉译本。此外，商务印书馆曾出版许地山的《印度文学》（"百科小丛书"之一，1931），中华书局曾出版英国麦克唐纳的《印度文化史》（龙章译，1948）。这两本书都有利于国内读者了解印度古代文学的概貌。

20世纪下半叶，我国对印度梵语文学的翻译介绍取得了长足进步。1956年，迦梨陀娑被世界和平理事会列为该年纪念的世界文化名人之一。同年，我国首次出版了从梵语原著翻译的迦梨陀娑的戏剧《沙恭达罗》（季羡林译）和抒情长诗《云使》（金克木译）。此后，直接从原文翻译的梵语文学作品在国内陆续问世，如戒日王的戏剧《龙喜记》（吴晓铃译，1956）、首陀罗迦的戏剧《小泥车》（吴晓铃译，1957）、寓言故事集《五卷书》（季羡林译，1959）、迦梨陀娑的戏剧《优哩婆湿》（季羡林译，1962）、抒情诗集《伐致呵利三百咏》（金克木译，1982）和《印度古诗选》（金克木译，1984）。1964年，金克木撰写的《梵语文学史》出版，对印度古代梵语文学做了比较全面的介绍和论述。此外，1960年，季羡林和金克木两位先生在北京大学东方语言文学系开设了现代中国的第一届梵文巴利文班，培养了国内第一批梵文和巴利文人才。

1985年，季羡林翻译的史诗《罗摩衍那》汉语全译本出版，2005年，我主持集体翻译的史诗《摩诃婆罗多》汉语全译本出版。这样，印度两大史诗的翻译在我们师生两代手中得以完成。然而，印度古典梵语文学宝库中的许多文学珍品还有待我们翻译介绍。鉴于这种考虑，我们决定与上海中西书局合作,编辑出版"梵语文学译<u>丛</u>",希望在中国文学翻译界营造的世界文学大花园中增加一座梵语文学园。

　　我们的目标是用十年时间,将印度文学史上具有重要地位的梵语文学名著尽可能多地翻译出来,以满足国内读者阅读和研究梵语文学的需要。尽管至今国内从事梵语文学翻译和研究的学者依然为数有限,但我们愿意尽绵薄之力,努力争取达到这个目标。

黄宝生

谨以此书纪念恩师黄宝生先生

前　言

在印度古代文学史上，没有哪位作家能像笈多时期的梵语诗人迦梨陀娑（Kālidāsa，约 4—5 世纪）一样赢得长盛不衰的声誉。不仅古代印度的诗人、注释家、批评家不遗余力地模仿他、解读他、赞美他，就连近现代的东方学家们也将他推上"桂冠诗人"的宝座，与莎士比亚、但丁、歌德等伟大的诗人一道在世界文学之林并驾齐驱。1956 年，世界和平理事会将他列为世界十大文化名人之一。

目前，学界公认属于迦梨陀娑的作品包括三部戏剧、四部诗歌。其中，《鸠摩罗出世》（*Kumārasaṃbhava*）是取材于湿婆神话创作而成的一部叙事长诗，全诗共十七章，1 096 节，后九章一般被视为窜伪之作或续作。根据印度古典诗学传统，《鸠摩罗出世》属于"大诗"（mahākāvya）或"分章诗"（sargabandha）。相比篇幅受限的抒情类"小诗"（khaṇḍakāvya），大诗因其风格之庄重、思想之深邃、叙事之宏阔而成为梵语诗人施展才华和天分的绝佳表现形式。梵语文

1

学史上著名的"五部大诗"之中,《鸠摩罗出世》就赫然在列。

———— 一 ————

分章介绍一下这部叙事诗的主要内容:

第一章:陀刹之女萨蒂原为湿婆之妻,自焚后转世投胎,降生为喜马拉雅山王的女儿波哩婆提。波哩婆提聪慧美丽,那罗陀仙人预言说她将嫁给湿婆为妻,但湿婆在雪山修习苦行,意志坚定,誓不娶妻。山王吩咐女儿前去侍奉湿婆。

第二章:此时,众神受魔王多罗迦侵扰,惶惑不安,由因陀罗率领向梵天寻求帮助。一番寒暄过后,梵天指点他们:唯有湿婆和波哩婆提的儿子才能担任战胜魔王的天兵统帅。

第三章:因陀罗命爱神促成湿婆与波哩婆提的结合。在好友春神及爱妻罗蒂的陪伴下,爱神前往湿婆净修林,带来盎然春意,而湿婆却努力控制自我,不受影响。波哩婆提的出现鼓励了爱神,于是他挽弓搭箭,瞄准湿婆。湿婆发现后怒火中烧,从第三只眼中射出火焰烧毁爱神,罗蒂当场昏厥,众人纷纷离去。

第四章:罗蒂醒来后悲恸不已,哀哀泣诉,决心追随丈夫自焚弃世。这时空中传来声音,预言一旦波哩婆提嫁给湿婆,爱神即得复活,夫妇终会团圆。于是罗蒂受到安抚,打消了自焚念头,等待灾祸消弥。

第五章：波哩婆提嫁给湿婆的希望暂时破灭，为了赢得湿婆，她矢志修习严酷的苦行。湿婆乔装成苦行者故意贬低自己，劝说波哩婆提放弃苦行，而波哩婆提心意不改，怒斥苦行者，于是湿婆恢复原形，接受了波哩婆提。

第六章：湿婆召来七仙人，请他们和阿容达提作媒，去向喜马拉雅山求亲。七仙人来到喜马拉雅山的都城"药草原"，受到山王热情相迎。经过一番妙辞攀谈，他们议定了婚事和嫁娶吉日。

第七章：婚礼当天，山王的城中一片欢腾。波哩婆提梳妆打扮、美艳动人，获得亲朋祝福。湿婆浑身装饰华美，率众神前来迎亲，引来城中女子争相观看。湿婆和波哩婆提按仪轨完婚，爱神也恢复了原形。

第八章：湿婆和波哩婆提婚后纵情欢爱，沉浸在感官享乐中，在山王的宫殿暂住一月后离去。他俩到处游乐、情深意浓，在一起颠鸾倒凤、不分昼夜，共同度过一百五十个季节，犹如一宿。

第九章：正当湿婆沉溺于欢情时，火神变作一只鸽子飞入洞房，请求湿婆快些生子。于是湿婆将精液射在火神身上。行乐中断，波哩婆提恼羞成怒，湿婆抚慰妻子，偕妻一道前往盖拉瑟山，在那里享受各种爱情游戏。

第十章：火神不堪忍受湿婆精液的灼烧，得因陀罗指点，抵达恒河，浸没水中，洗去精液，获得安乐，而恒河却备受煎熬。昴宿六天女到恒河沐浴，湿婆的精液又转移到她们身上,令她们痛苦万分,纷纷逃离。精液在她们体内孕育成胎,她们生出胎儿,弃于苇丛,鸠摩罗由此诞生。

第十一章:鸠摩罗吮吸化作人形的恒河的乳汁,获得殊胜的形貌,引来恒河、火神和昴宿们的争抢。湿婆和波哩婆提到来,母子相认。夫妇二人怀抱儿子回到盖拉瑟山,庆祝鸠摩罗降生。一家人尽享天伦之乐。

第十二章:因陀罗率众神来向湿婆求助,湿婆心生怜悯,询问他们为何落魄至此,为何与多罗迦对立。因陀罗向湿婆倾诉众神之苦,请求指派鸠摩罗担任天军统帅,消灭多罗迦。湿婆慨然应允,嘱咐儿子诛杀神敌。

第十三章:鸠摩罗率众神出征讨魔,湿婆夫妇为他送别壮行。抵达天国后,众神忧惧迟疑,但受到鸠摩罗的鼓舞,又重振精神,继续前行。鸠摩罗目睹天国惨遭蹂躏、景象残破,不由羞愧难当,陷入委顿。在天王的宫殿,鸠摩罗接受以迦叶波夫妇为首的众神祝福,灌顶成为天军统帅。

第十四章:众神受到鸠摩罗的激励,团结一致,整装待发,一个个跃跃欲试,准备进剿顽敌。天神的大军浩浩荡荡前进,气势恢弘,扬起的尘土遮天蔽日,一时军中喧嚣扰攘,战鼓震天。

第十五章:听说鸠摩罗率军前来,阿修罗们心惊胆战,在多罗迦的召集下准备勉力应战,但一系列恶兆紧随而至,预示着他们终将失败。面对天神的劝阻,多罗迦骄狂至极,毫不退让。两军对垒,双方士兵拿起武器,冲锋陷阵。

第十六章：一场恶战在天神与阿修罗之间爆发。士兵们奋不顾身，战斗异常激烈，双方互有伤亡，景象残酷惨烈。战场上顿时尸横遍野，血流成河。多罗迦怒不可遏，渴望与天神决一死战。

第十七章：诸神最初不敌多罗迦。魔王气势汹汹，对鸠摩罗大放厥词，又万箭齐发，射向鸠摩罗，却徒劳无果。他怒火中烧，又相继射出风神之箭和火神之箭，都被鸠摩罗一一化解。最后，多罗迦离开战车，挥剑而来，被鸠摩罗用长矛刺死，众神欢庆胜利，因陀罗重掌天国王权。

<h1 style="text-align:center">二</h1>

湿婆神话在印度流传已久。其中，有关鸠摩罗降生的故事主要见于史诗《摩诃婆罗多》（*Mahābhārata*）、《罗摩衍那》（*Rāmāyaṇa*）和多部往世书，尤其是《室建陀往世书》（*Skandapurāṇa*）和《湿婆往世书》（*Śivapurāṇa*）。通过对作品时间和故事情节的比对，我们基本可以确定，两大史诗为迦梨陀娑和他的继任者提供了丰富的创作素材，而往世书则有可能对后九章的作者启发更大。

《鸠摩罗出世》的十七章诗，只有前八章见载于古代注释家的注本和批评家的论著中，这是判定前八章与后九章真伪的一条重要依据。历来印度古典诗学家著书立说，虽然意在建构和阐发自己的诗学理论体系,但在条分缕析、敷衍成篇的同时,无不大量援引迦梨陀娑等著名作家的诗歌作为范例。对这些诗例的取舍不仅仅体现了诗学家个人的好恶,更能见出某部作品、某些篇章在文艺传统中获得认可、确立价值、成为经典的过程。《鸠摩罗出世》中也不乏其例。

在第一章开篇,迦梨陀娑首先通过 16 节诗描绘喜马拉雅山的迷人风光,而后讲述山王娶妻生子,对女儿舐犊情深,后经七仙人劝说嫁女给湿婆的故事。韵论大师欢增(Ānandavardhana,9 世纪)就曾以这一段为例说明表示义如何依据不同情况而呈现无限性。他在《韵光》(*Dhvanyāloka*)中评价说:"另一类情况的不同是,将雪山和恒河等一切无生物表现为具有自我意识的生物。无生物一旦被赋予生物的特征,就会迥然不同。例如,在《鸠摩罗出世》中,开始时按照山的性质描写雪山,后来,在与七仙人的可爱对话中,展现生物的性质,焕然一新。这是公认的优秀诗人之路。"①欢增这里将拟人化描写视为丰富诗歌内涵、产生新鲜感的来源之一;而为了说明不同情况下的如实描写所表现出的多样性,欢增还引用了《鸠摩罗出世》第三章里摹写波哩婆提美貌的经典诗篇,这些诗作极妍尽态却不觉复沓,故而他指出"诗人反复描写同一个人物,既不产生重复感,也不缺乏新鲜感"②。

---

① 黄宝生编译:《梵语诗学论著汇编》(增订本)上,中国社会科学出版社 2019 年,第 547—548 页。
② 黄宝生编译:《梵语诗学论著汇编》(增订本)上,第 546—547 页。

　　曲语论批评家恭多迦(Kuntaka,10世纪)似乎也格外偏爱《鸠摩罗出世》。他在《生命曲语论》(*Vakroktijīvita*)中大量援引这部叙事诗,诗例多达二十余首。与欢增一样,恭多迦也认可第三章的描写,但却从不同角度阐明这些诗歌的价值。他认为优秀的诗人采用柔美的风格创作诗歌。所谓柔美就是诗人不刻意借重技巧,而是凭藉天分充分展现事物的天然本色。迦梨陀娑正是遵循了这条道路。为此,他以《鸠摩罗出世》第三章中的三首诗为例予以说明,这里姑引其一例:

> 波罗奢花还没有绽放,
> 弯似新月,色泽鲜红,
> 仿佛春天与林地交欢,
> 留下的点点指甲印痕。(3.29)

　　对此,恭多迦评价道:"在这首诗中,'弯似新月'、'色泽鲜红'和'春天与林地交欢'这些词语只是柔美的描述,但'仿佛留下点点指甲印痕'这个修辞可爱迷人,自然地产生,毫不费力,令人惊喜。"①

　　此外,《鸠摩罗出世》作为一部杰出的"章节诗",其章节的曲折性自然而然也被纳入恭多迦的批评视野,他认为整个前七章都"呈现新颖的曲折表现之美",也即"前后各个章节

---

① 黄宝生编译:《梵语诗学论著汇编》(增订本)下,中国社会科学出版社2019年,第828—829页。

或插曲互相紧密联系,各个关节中含有味,呈现成熟巧妙的曲折性,令人喜悦……这些章节(指前七章)互相联系,前后配合,美不胜收,极其可爱"①。不能不说这是对《鸠摩罗出世》的极高评价。

当然,鉴于印度古典诗学理论纷呈、派别林立,诗学家之间也难免就某一具体问题产生分歧。《鸠摩罗出世》里就有两处评价不一的经典例证。

第四章的"罗蒂哭夫"作为梵语文学史中最感人的挽歌之一,因其曲折尽情、缠绵悱恻而被今人奉为经典,然而古人对其却不乏争议:曼摩吒(Mammaṭa,11 世纪)和毗首那特(Viśvanātha,14 世纪)都将这一段重叠往复咏叹丧夫之痛的文字视为一种"诗病",认为它们存在"反复加强"的缺陷。②而反观迦梨陀娑另一部叙事诗《罗怙世系》(Raghuvaṃśa),其中也有一段类似的情节描写"阿迦哭妻",却未曾受到任何指摘。恭多迦甚至认为这种充满想象力的主题复现展现出"成熟的智慧",他说:"同一内容或同样的主题,依靠适合故事背景的优美编排而生动活泼,一再出现在各个章节中。这样会不会重复累赘?不会。因为不缺乏新颖的描写、味和修辞的光辉,也就是充满新颖的描写、艳情等味和隐喻等修辞,生动活泼,熠熠生辉。"③显然,恭多迦的评价标准相较

---

① 黄宝生编译:《梵语诗学论著汇编》(增订本)下,第 1029—1030 页。
② 黄宝生编译:《梵语诗学论著汇编》(增订本)下,第 1169、1483 页。
③ 黄宝生编译:《梵语诗学论著汇编》(增订本)下,第 1014 页。

他的两位晚辈更加审慎客观、细致深刻。他所引的诗例出自摩特罗拉贾（Mātrarāja，8 世纪）的著名戏剧《苦行犊子王》（*Tāpasavatsarāja*），皆为优填王悼念王后仙赐而吟诵的凄婉情诗，充满悲悯味，与"罗蒂哭夫"有异曲同工之妙，在一些表述上甚至有蹈袭迦梨陀娑之嫌。事实上，这类表现手法在迦梨陀娑之前的作品中也不鲜见，比如著名史诗《罗摩衍那》（*Rāmayāna*）《猴国篇》中就有一段由 17 节诗组成的"陀罗哭夫"情节[①]，而"罗蒂哭夫""阿迦哭妻"等后世创作皆与之存在明显的继承关系。

他山之石可以攻玉，若要更准确地认识"罗蒂哭夫"的艺术成败，不妨从中国古代文学中选取一些类似的作品进行分析比较。中国文学史上，铺排反复的文学表现手法源远流长。《诗经》已有"赋比兴"手法，其中"赋"就是铺陈、排比。在长篇诗作中，铺陈与排比往往结合使用，把思想感情及与其紧密相关的物象情态描写述说出来，按照一定顺序组成结构基本相同、语气基本一致的句群或联章，比如《桃夭》《君子于役》《采葛》《将仲子》《子衿》《溱洧》等，这样既可以淋漓尽致地铺写抒情，又可以强烈渲染环境气氛。而到了汉代，张衡的《四愁诗》则是借联章形式反复咏叹，抒发忧国之情，表现不倦探寻政治理想的坚毅精神。唐代杜甫的《秋兴八首》，是他因秋而感发诗兴所作的一组七言律诗，乃明代胡震亨所

---

① ［印］蚁垤著，季羡林译：《罗摩衍那》（四），人民文学出版社 1982 年，第 132—135 页。

谓“一题数首不尽”①之作——八首蝉联,首尾相衔,情感浓郁,意境深闳,一再咏唱伤时忧国的主旋律,犹如大型抒情组曲,扣人心弦,撼人灵魂。至于唐代名伎薛涛的《十离诗》用犬、笔等物自比,反复抒写自悔自艾的哀伤之情,把身边寻常事写得曲折动人,如泣如诉。此类作品后世其例甚夥,皆深受读者和诗评家的高度赞赏,兹不一一胪列。故而“罗蒂哭夫”一类的描写,从中国文学传统的角度看,非但不是“败笔”,反而是值得称赏的佳作范例。

另一个颇具争议的例子是第八章中有关大神夫妇婚姻生活的靡艳描绘。曼摩吒在《诗光》(*Kāvyaprakāśa*)中坚称:“与人一样,神也有爱欲、欢笑、悲伤和惊奇。但不应该描写上等的神在会合艳情味中的爱欲,正如绝对不宜描述自己的父母交欢。”②曼摩吒虽然点到为止,没有公开批评《鸠摩罗出世》第八章,但他对这类描写的评价也潜在地暗含了指责的成分。作为一位学识渊博的诗学家,曼摩吒不可能对《鸠摩罗出世》第八章一无所知,大概他这样行文,不无“以曲笔为尊者讳”的良苦用心。后来毗首那特继承了曼摩吒的观点,并直接点名批评《鸠摩罗出世》。③ 正是基于这种观点,一些正统派学者甚至认为第八章也非迦梨陀娑原作。

---

① (明)胡震亨撰:《唐音癸签》卷十,《影印文渊阁四库全书》第1482册,台湾商务印书馆1986年,第575页下栏。
② 黄宝生编译:《梵语诗学论著汇编》(增订本)下,第1169页。
③ 黄宝生编译:《梵语诗学论著汇编》(增订本)下,第1484页。

与他们相对，欢增就认为"大诗人在作品中描写大神的
会合艳情，但这种不合适被他的才能掩盖，而不显得粗俗。
例如，在《鸠摩罗出世》中描写湿婆大神和波哩婆提欢合……
这取决于能否由才能掩盖。如果诗人缺乏才能，诸如此类的
艳情描写显然是缺点"①。这一辩护显示了欢增对迦梨陀娑
的无限偏爱和推崇，毕竟对他而言，"在这个世世代代产生各
种各样诗人的世界中，只有以迦梨陀娑为首的两三个或五六
个诗人称得上是大诗人"②。

事实上，"艳情诗"一直是印度古典抒情诗的主流，也是
叙事诗的重要组成部分，且传统诗学一向将"艳情味"
(śṛṅgāra rasa)视为八味之首和"大诗"的主味之一。欢增甚
至说："艳情味肯定是一切味中最可爱、最重要的味。"③追溯
其背景，可知古典梵语诗人乃至诗论家大都与宫廷保持密
切联系，或本人出身宫廷，或为御用文人。迦梨陀娑也不例
外，虽然我们对他的生平知之甚少。根据王顶(Rājaśekhara，
9—10 世纪)在《诗探》(Kāvyamīmāṃsā)中对古典时期宫廷
诗人文化生活状况的描述，我们可以推测，古典时期的权贵
荫庇制度能够直接干预和影响宫廷诗歌的题材选择和表现
形式。除了为恩主歌功颂德、增光添彩，诗人的另一职能就
是写出佳作，供贵人怡情娱兴，故许地山又将这类文人创作称

① 黄宝生编译：《梵语诗学论著汇编》(增订本)上，第 484 页。
② 黄宝生编译：《梵语诗学论著汇编》(增订本)上，第 435 页。
③ 黄宝生编译：《梵语诗学论著汇编》(增订本)上，第 507 页。

为"钦定诗"①。从这个意义上讲,诗人对男女情爱的热烈礼赞和细致刻画正是对追求声色刺激的宫廷生活需求的积极回应,同时也在客观上形成了一种重要的文学传统。其实,早在迦梨陀娑之前,这种传统就已经确立,并在诗歌中有所反映。譬如即使是著名佛教梵语诗人马鸣(Aśvaghoṣa,约1—2世纪),也不可避免地在其旨在宣扬佛教思想的叙事诗《美难陀传》(Saundarananda)中大肆描写难陀与孙陀利的宫闱欢情,其中已隐约可见湿婆与波哩婆提婚后生活片段的雏形。马鸣本人也承认这符合大诗要求,是为了吸引人心而在"苦药"中拌入的"蜜糖"。② 诗歌的娱乐功能直接催生了繁缛雕饰、绮丽浓艳的文风,故而迦梨陀娑之后,宫廷文人翕然效之,愈演愈烈,终使诗歌脱离生活,陷入形式主义的泥淖。值得指出的是,印度的艳情诗往往直白露骨、声色大开,不同于中国情诗在禁欲主义文化传统笼罩下,大多采用温婉深曲、含蓄内敛的表达方式,这在某种程度上是印度文化重视将人性欲望正当化、合理化的结果。

湿婆是印度教三大主神之一,故而与迦梨陀娑的其他作品相比,《鸠摩罗出世》在主题上表现出浓厚的宗教与神话意涵,并因此受到印度教信徒的称扬和追捧。然而文学创作毕竟不等同于宗教宣讲,宫廷文学更是充满对世俗生活的热切

---

① 许地山著:《印度文学》,第 39 页,岳麓书社,2011 年。
② 见《美难陀传》18.63(*The Saundarananda of Aśvaghoṣa*, ed. & trans. by E. H. Johnston, Delhi: Motilal Banārasīdāsa, 1975, p.141)。

肯定,于是湿婆神话经迦梨陀娑重新阐释,闪射出一种贯穿他全部作品的人性光辉,这也正是迦梨陀娑有别于其他湿婆神话述说者的地方。不可否认,湿婆与波哩婆提的结合过程正可视为人间婚姻的典范,对爱和美的赞颂弥散于整个前八章,艳情味统领诸味,并在第八章绮艳骀荡的诗句间臻于顶峰。那些力图表现男欢女爱的艳冶情诗在这一章不仅获得了宗教层面上的合理性,更照亮了整个梵语诗歌世界。

像其他章节一样,这一章的诗歌词采工丽典雅,技巧浑然天成,故而在《诗庄严经》(*Kāvyālaṅkārasūtra*)、《辩才女神的颈饰》(*Sarasvatikaṇṭhābharaṇa*)等诗学著作中也被频频引用。整体而言,迦梨陀娑的叙事诗既避免了史诗的质直简淡、松弛涣散,也未出现后世诗歌中那种逞才炫博、铺张矫饰的弊端。他的语言简洁优雅,内容与形式和谐统一,具备一种"恰如其分"的中庸之美,形成了备受后世诗学家青睐的"维达巴风格"(vaidarbhī-rīti)。比如,在借助语言的音乐性传递精确美好的思想方面,迦梨陀娑就当仁不让,堪称大师。梵语诗律的发展渊源有自,而迦梨陀娑却创造性地将韵律形式与诗歌内容紧密结合起来,赋予其特殊的情感意义。最著名的例子是在抒情长诗《云使》(*Meghadūta*)中,他通篇采用以重音节为主、中间连续穿插轻音节的"缓进体"(mandākrāntā),意在表现药叉绵绵无尽的情思和时时闪现的焦急,诚可谓巨笔如椽,运用自如。诗学家安主(Kṣemendra,11世纪)对此评价说:"迦梨陀娑谙熟的缓进体,如同好把式驾驭的迦波占牝马一样跃动。"①而在创作《鸠摩罗出世》时，他也秉持了这种用律上的敏锐性和准确性。比如以"别妇体"（viyoginī）敷衍出整个"罗蒂哭夫"的第四章。毗首那特在《文镜》中将"艳情味"分为"分离艳情味"（vipralambha）和"会和艳情味"（saṃbhoga）两种，②又说"分离艳情味"之一的"苦恋"（karuṇavipralambha）是指"一对年青恋人，其中一个去往另一世界，有待复活，而另一个苦苦守候"③。虽然毗首那特用梵文词"vipralambha"指代"分离"，但"viyoginī"（字面义为"与爱人离别的女子"）来自"viyoga"，后者在梵文中更常用来表示"离别"。罗蒂正是在与丈夫的生离死别中苦苦等待着团圆的结局。"别妇体"中的轻音节数量多于重音节，且节奏略偏险急，因此和"缓进体"表现离情时幽怨缠绵、含蓄委婉的咨嗟咏叹不同。"别妇体"式的伤感是激烈凄怆的哀嚎和悲痛欲绝的泣诉，若以弦歌喻之，一是轻吟泠泠的悲音，一是丝竹清厉的哀响。如此对比，正可窥见迦梨陀娑在用律上的收放自如与匠心独具。

三

以上考察了《鸠摩罗出世》前八章在印度文艺传统中呈

①　Kṣemendra, *Suvṛttatilaka*, ed & trans. by R. K. Panda, Delhi: Paramamitra Prakashan, 1998, p.256。
②　黄宝生编译：《梵语诗学论著汇编》（增订本）下，第 1336 页。
③　黄宝生编译：《梵语诗学论著汇编》（增订本）下，第 1343 页。

现出的美学特征。如果历史仅仅给后世留下这八章佳作,无论其成就多么杰出,毕竟难掩残缺不全的瑕疵。作为一种诗体形式,仅以八章组成"大诗"实属罕见,即使依据梵语诗学,它的规模也不应止于八章。

就内容而言,续作部分主要讲述了鸠摩罗的降生以及他率领天兵战胜魔军的过程,其中仅战争场面就占据了四章。与前八章思想丰富、饱含情味的叙写相比,后九章主题趋向单一,情节也自成一体。在梵语诗学传统中,"情节"的重要性从未因"味论"和"韵论"的发展而被轻忽,尤其对叙事诗而言,"情节"更是这种文学体裁的主体要素。结婚、生子、进军、战斗以及主角的胜利等都是"大诗"规定的描写场景。① 显而易见,"鸠摩罗出世"标题本身就暗含了后九章的情节内容,诗人更是在第一章借梵天之口指明了鸠摩罗未来的命运。② 而迦梨陀娑的其他作品也经常撷取鸠摩罗的传说,从侧面说明诗人对此了然于心。例如《云使》有诗云:

> 到了鸠摩罗的住处你就化作散花云,
>
> 给他沐浴,把天上恒河所浸湿的花雨洒下;
>
> 他是头上有新月的湿婆为了统率神军

---

① 黄宝生编译:《梵语诗学论著汇编》(增订本)上,第 288 页;黄宝生编译:《梵语诗学论著汇编》(增订本)下,第 1452 页。
② 见《鸠摩罗出世》2.61:"这位青颈大神的儿子成为你们的统帅之后,会凭借他的巨大威力解开被俘天女的发髻。"

降服罗刹而投于火中的超乎旭日的光华。（43）①

　　《罗怙世系》、《优哩婆湿》（*Vikramorvaśīya*）中亦不乏其列。②由此不难推断迦梨陀娑的创作构思应该不止于前八章，这若非是他未竟的遗作，那么定是由于某种难以抗拒的原因而中途搁笔，或是后半部分不幸早已散轶，故不见后人注释与评说。

　　值得庆幸的是，这种遗憾因续作的出现而稍得弥补，使《鸠摩罗出世》故事完整地呈现在世人面前，避免了"神龙见首不见尾"的缺憾。客观来说，一方面后九章的艺术价值明显低于前八章，故曾屡遭诟病；另一方面续作又绝非一无可取，部分篇章甚至可圈可点、堪称经典。所以对续作给予评述还是十分必要的。

　　从体量上来看，前为八章，后乃九章，乍看似乎后一部分更重，实际上却并非如此：

前八章	章　节	一	二	三	四	五	六	七	八	/	合计	总计
	诗节数	60	64	76	46	86	95	95	91	/	613	
后九章	章　节	九	十	十一	十二	十三	十四	十五	十六	十七	/	1 096
	诗节数	52	60	50	60	51	51	53	51	55	483	

---

① 金克木著：《梵竺庐集乙·天竺诗文》，江西教育出版社 1999 年，第128 页。
② 见《罗怙世系》2.36—37，14.22；《优哩婆湿》5.23。

据上表可知,前八章除了第四章有 46 节诗,其余各章诗节数都在 60 节以上,而后九章诗节数最多的两章才达 60 节。前后孰轻孰重一望即知。而作为迦梨陀娑唯一保存完整的长篇叙事诗《罗怙世系》,全书十九章,除了最后两章的诗节数是 53 和 57 节,其余各章没有低于 70 节的,第十二、十五章更是多达 104、103 节。由此不难见出,迦梨陀娑的确是才华横溢的宏大叙事巨匠,他挥动如椽大笔,撰写长诗,洋洋洒洒,气势恢弘,犹如蜿蜒曲折的江河奔腾而下,一泻千里。反观《鸠摩罗出世》后九章,则显得过于促狭拘谨,气势不足。

若以诗律窥之,则后九章在用律上虽力求蹈常习故,但对各个韵律的体会多流于浮薄疏散,不但未入前八章之藩篱,选择韵律时也往往只拈其所熟,不涉义涵,难以达到内容与形式的融合统一。且看第十二章的两节诗:

当尊者湿婆这样说完,
其子正期盼战争盛典。
他对着儿子谆谆叮咛:
"此战定要取神敌性命!"(12.57)

这一位鸠摩罗俯首致敬,
接受了兽主湿婆的命令,
对事事孝敬父亲者而言,
这确实就是最高的正法。(12.58)

　　这两节诗前后相承,重在叙事,意义上不存在严重割裂,情感上也没有明显转折,但诗人却采用了韵律形式十分接近的两种"特哩湿图朴律"(triṣṭubh),实无换律必要;且与本章前56节诗相比,这两节毫无特色可言的诗却以新律赋成,既无依据,也显唐突。

　　再如从第十四章到第十七章,诗人泼墨挥毫,纵意描写天神和阿修罗之间的战斗,过程跌宕起伏,惊心动魄。主题虽贯穿如一,用律却多达八种,各个诗律的鲜明特色皆遭湮没,诗律之间的界限亦模糊难辨。

　　在依律遣词上,后九章也常缺乏巧思,可谓"袭旧有余而创格不足",许多诗句过于直朴,读之淡而无味。比喻是迦梨陀娑诗歌中最常见,也最能展露诗才的修辞手法。以《鸠摩罗出世》第一章为例,该章采用"乌帕阇底体"(upajāti),共60节诗,明喻、隐喻、较喻等义庄严俯拾皆是,经粗略统计,涉及比喻的诗多达三十余首。反观同样采用乌帕阇底体的第九章,52节诗中只有十几首出现比喻,偏重叙事,辞采藻饰都不及第一章华丽。此外,后九章还喜用前缀"su"以及"sadyas""alam"等小词来补足音节,这些词在诗中并没有什么实际意义,大多数时候完全是为了满足韵律的需要,让人感到作者虽勉力而为,无奈却文思枯竭、江郎才尽。比较原作与续作,足见这位《鸠摩罗出世》的续作者无论想象能力还是文字功底皆远逊于迦梨陀娑本人。

　　平心而论,《鸠摩罗出世》后九章在用律上也有可取之处，如第十六章前 49 节诗采用"输洛迦体"(śloka)，讲述神魔之战。这种诗律的特点是每节诗分两行四音步，三十二个音节，共五种变体。它简洁而富于变化的形式非常适合用于叙事和记忆吟诵，因此被广泛应用于两大史诗《摩诃婆罗多》（Mahābhārata）、《罗摩衍那》（Rāmāyaṇa）和众多往世书中，故而也被称作"英雄律"。输洛迦体在史诗时期经历了它最辉煌煊赫的岁月，到了雕琢之风日盛、绮靡之习渐隆的古典文学时期，除去马鸣、迦梨陀娑、薄婆菩提（Bhavabhūti）等极少数文人外，输洛迦体已逐步淡出了诗人的视野。而续作诗人的这种"返璞归真"恰恰显得"裁量有度"，这些简短的诗行十分有利于表现战斗的紧迫和激烈，剪除冗赘的战争描写，营造出铿锵有力的诗歌节奏。

以输洛迦体描写战争在迦梨陀娑其他作品里亦有例可寻，如《罗怙世系》中罗摩力克罗波那的片段：

> 梵箭的箭矢灼灼燃烧，
> 在空中裂成一百支箭，
> 看似如同蟒蛇的身躯，
> 头部张开可怕的蛇冠。（12.98）

> 他用带有咒语的箭，
> 半瞬间就纷纷斩落
> 罗波那的一排头颅，

以致毫无创痛之感。(12.99)①

再看《鸠摩罗出世》第十六章中的两首诗：

> 愤怒的勇士射出利箭，
> 密密匝匝将天空布满，
> 飞矢犹如可怕的大蛇，
> 口中喷吐着烈烈毒焰。(16.8)

> 当弓箭手们互相射击，
> 他们的飞箭刺穿身体，
> 箭镞上未沾一滴鲜血，
> 深深扎入身后的大地。(16.9)

　　前后四节诗对比起来，我们不难发现它们之间的相似之处。这种现象恰恰可以见出续作者模仿迦梨陀娑的痕迹。此外在具体表述上，《鸠摩罗出世》第十六章的第 2、47、48、49 节诗与《罗怙世系》第七章的第 37、47、51、53 节诗之间也存在明显的影合关系。因此，续作者应当对迦梨陀娑诗歌作品的语言风格、韵律规则及遣词造句做过潜心研习，故而也时有佳句出现。他对战斗场面的铺陈更不乏雄健豪迈之气，节

---

① *The Raghuvaṃśa of Kālidāsa with the Commentary of Mallinātha*, ed. by G. N. Nandargikar, Delhi: Motilal Banarsidass, 1971, pp.392—393.

奏常常高昂往复,前声未弭,后响复起,波澜层叠,回环壮阔。
这里仅举几首诗为例:

> 一看到军队扬起的厚厚尘土
> 掩住太阳的光环,遮蔽天幕,
> 天鹅飞向摩那娑湖,孔雀们
> 喜悦起舞,误以为阴云密布。(14.35)

> 他用来遮阳的黄金华盖,
> 被一股逆风刮落在地上,
> 如巨大的金盘闪耀光彩,
> 在死神进餐时派上用场。(15.27)

> 当鼓乐齐鸣,一众女鬼歌唱,
> 一排排无头的躯干挥舞戈矛,
> 在浸透鲜血而泥泞的战场上,
> 艰难地挪动脚步,结伴舞蹈。(16.50)

这三节诗以每音部十二音节的"婆舍他体"(Vaṃśastha)
创作而成,比喻贴切,想象奇丽。尤其最后一首诗中骇人的景
象经作者描绘仿佛呼之欲出,让读者顿觉杀气腾腾、戾气逼
人。婆舍他体稳健沉郁,节奏平和,在《罗怙世系》第三章中,
迦梨陀娑也曾用它来描写罗怙与因陀罗之间的战争,续作诗

人继而为之,不仅颇得章法,而且某些诗句能独出机杼,富于文采,不让前人。

历来创作不易,续作尤难,欲为脍炙人口的经典名著补续者,更会诚惶诚恐,如履薄冰。其忧虑不安已经不是"影响的焦虑"所能涵盖的了,他们既怕遭狗尾续貂之讥,更担忧身后积毁销骨。中国古典文学名著《红楼梦》原稿只留下八十回,人物情节都不完整,后来刊行问世时,经高兰墅续补后四十回,方成完璧。尽管后人对高氏颇有微辞,但是他毕竟对《红楼梦》流传百世、名声远播做出了不容置疑的巨大贡献。同样,《鸠摩罗出世》的续作者在艺术成就上固然不及迦梨陀娑,但毕竟补足了这部文学名著的人物故事情节,一定程度上满足了读者的阅读期待,因此这位隐姓埋名的续补诗人仍然值得我们感激和永久纪念。

四

《鸠摩罗出世》前八章的梵语原文依据的是迦莱(M. R. Kāle)编订本(*Kumārasaṃbhava of Kālidāsa (Cantos Ⅰ - Ⅷ)*, Delhi:Motilal Banarsidass Publishers,1981),其中附有古代著名注释家摩利那特(Mallinātha)的注释;后九章的梵语原文依据的是帕尔瓦尼迦(N. B. Parvaṇīkara)和帕拉巴(K. P. Paraba)的编订本(*The Kumārasaṃbhava of Kālidāsa*,

Bombay：The Nirṇaya-sāgara Press，1886），这是较早的十七章全文编订本，其中不仅收录有摩利那特前八章注释，还有悉达罗摩（Sītārāma）后十章的注释。译者在翻译过程中也参考了这些梵语注释。

2007 年夏至 2009 年夏，黄宝生先生曾于社科院外文所开设一个为期两年的梵语研习班，译者有幸跟随先生精读梵语原典，在此期间就接触了《鸠摩罗出世》的部分章节。后来先生翻译的《鸠摩罗出世》第一、三、四章收录在 2010 年出版的《梵语文学读本》中。译者在翻译这三章时参照了先生的译文。黄先生不仅是国内首屈一指的梵学大家，也是译者学习梵语、研究梵语的引路人。他对本书的出版事宜一直非常牵挂，曾多次询问进展情况，甚至亲自与出版社联系，推动出版进程。正是先生的提携，才使这部译作有幸忝列"梵语文学译丛"。

作为婆罗门教神话中的战神，鸠摩罗的形象进入佛教后，在中国逐渐演变成护法神韦驮。译者曾撰《护法韦驮探源——印度战神"塞建陀"的中国化历程》一文，今附录书后供诸君参阅。

尼赫鲁（Jawaharlal Nehru）说过："尽管作为一种民间通用语，梵语早已死亡，却仍有着惊人的生命力。然而，即使是博学的外国人也面临更大的困难。可惜学者和饱学之士少有诗人，而诠释一种语言非学者型诗人不可。"[1]译者既非诗

---

[1] Jawaharlal Nehru, *The Discovery of India*, New Delhi：Oxford University Press，1981，p.166.

人,更谈不上博学,面对迦梨陀娑这样一位文学巨匠的作品,唯仰之弥高。虑及《鸠摩罗出世》全本汉译尚属筚路蓝缕之作,故而翻译时虽欲竭力遵从"信达雅"的标准,但亦常有左支右绌、捉襟见肘之感。能力所限,瑕疵在所难免,错讹谬误之处,惟愿方家和广大读者不吝赐教。

适值此文定稿之际,惊闻吾师黄宝生先生仙逝噩耗,顿时心悲惨怛,泪下如雨,哽咽不能一言。师恩重于泰山,学生难报万一,聊以此书告慰先生的在天之灵。

于怀瑾

2023 年 3 月

CONTENTS | 目录

鸠摩罗出世 ①

JIUMOLUO CHUSHI

第一章

在北方有一座众山之王，
自具神性名叫喜马拉雅，
横亘伸展到东西方海洋，
屹立如标杆将大地丈量。（1）

所有山岳都把他视为牛犊，
遵普利图王之命从大地中
挤出璀璨珍宝和大量药物，
而弥卢神山则精通挤牛乳。①（2）

他是无穷无尽的珍宝之源，
积雪不能把他的优美玷染，

---

① 传说普利图王（prthu）在位时，人民遭遇饥荒，他持弓胁迫大地生产作物，大地化身奶牛仓皇而逃，最后答应只要送她一头牛犊她就产奶。普利图王令摩奴变作牛犊，并从大地母牛挤出牛奶，牛奶又转化为食物。

因缺点淹没在一堆优点中，
如月斑消弭于月亮的光线。（3）

他的一座座山峰蓄满矿物，
为众天女提供精美的装饰，
耀眼的光辉映红片片云彩，
像不适时出现的晚霞晨曦。（4）

悉陀①们享受了山顶之下
飘浮在山腰的片片云影，
害怕自己突遭大雨侵袭，
来到他阳光普照的山顶。（5）

即使因为雪水洗刷掉血迹，
猎象的狮子足印难以辨出，
凭借狮子趾缝落出的珍珠，
山民们依然能够识别道路。（6）

那里的矿物流淌出汁液，
在桦树皮上涂写成字母，
红艳似大象身上的斑点，

———————

① "悉陀"（siddha）是一类具有神通力的半神，住在天空中。

适宜作持明①美女的情书。(7)

他用山洞口卷起的风,
吹入竹管的空隙之中,
仿佛要将伴奏乐供给
准备高歌的紧那罗②众。(8)

大象们为消除颞颥瘙痒,
反复磨蹭在莎罗勒树上,
树皮流淌出奶状的液汁,
香气让众山峰馥郁芬芳。(9)

那里的夜晚黑咕隆咚,
药草光映入洞窟之中,
成为不用燃油的明灯,
供林中人交欢时享用。(10)

尽管那里的道路积雪成冰,
将马面女的脚趾脚跟刺痛,
但是受到沉重的臀乳拖累,

---

① "持明"(vidyādhara)是一类小神灵,住在雪山,侍奉湿婆,能施幻术。
② "紧那罗"(kiṃnara)是一类小神灵,马面人身,擅长奏乐歌舞。

她们也不能改变缓步慢行。(11)

他保护如鸥枭般惧怕白天的
蜷伏在洞中的黑暗避开太阳。
的确,即使卑微者来求庇护,
尊贵者也亲善相待如对贤良。(12)

牦牛们用尾毛拂尘①明示,
他的山王称号名副其实,
这些拂尘似月光般皎洁,
随尾巴甩动而光辉四泻。(13)

紧那罗女子们脱去衣衫,
因赤身裸体而忸怩不安,
云朵成团挂在洞窟门前,
恰巧成了她们的遮羞帘。(14)

携带恒河激流的飞沫,
山风一再撼动着青松,
吹开孔雀美丽的翎羽,
供给捕鹿的猎人享用。(15)

---

① 印度古代以华盖、拂尘等物象征王权,在下文14.3和14.4中也有体现。

山顶湖中生长的那些莲花
是七仙人亲手采摘后剩下。
在下方运转的灿烂的太阳，
用向上的光线使它们开放。（16）

看到他是祭品的源泉，
威力巨大能稳住大地，
生主亲自封他为山王，
让他也得以分享祀祭。①（17）

这位弥卢山的朋友深明事理，
为了家族延续按照仪轨迎娶
祖先意念中诞生的少女美纳，
她受牟尼敬重，正与他相匹。②（18）

夫妇二人随着时光流转
溺于欢恋，与美貌相称。
山王之妻正当妙龄青春，
她可爱迷人，怀上身孕。（19）

---

① "生主"即梵天，他将喜马拉雅山擢列仙班，使其能够分享祭品。
② 在印度古代神话中，天神或仙人能够凭意念生育子女，见《摩诃婆罗多》9.51.3 和 15.38.21。

她生的儿子美纳迦娶蛇女为妻，

与大海结下情谊，即使因陀罗

这砍掉山翼的弗粟多之敌发怒，

他也尝不到金刚杵击伤的痛楚。①（20）

贞妇萨蒂前生本是湿婆爱妻，

这陀刹的女儿却遭父亲鄙弃，

于是她通过瑜伽来抛弃身体，

为转生才进入山王之妻腹里。②（21）

这位吉祥女依靠山王为父，

经由虔诚的山王之妻降生，

犹如财富依靠勇猛的品质，

由善用而无阻的正道生成。（22）

在她出生的吉日良辰，

四方清净，风无纤尘，

伴随螺号声花雨降下，

为有形万物带来福分。③（23）

---

① 此处暗指美纳迦可躲入海中逃避金刚杵攻击。
② 传说生主陀刹举行大祭而没有邀请他的女婿湿婆，其女萨蒂忿而自杀，湿婆盛怒之下破坏大祭。
③ 最后一句原文直译"为有形的动物和不动物带来幸福"，"有形的动物与不动物"即指世间万物，此处翻译从略。

这个女儿身上闪耀光环，
她的母亲愈加光彩灿然，
似新云轰鸣而宝石蕊开，
毗杜罗山地正光辉绚烂。①（24）

她出生后就一天天长大，
渐有美的独特魅力加身，
犹如一痕新月逐日增长，
盈满月光中的其他月分。②（25）

亲戚们根据她出身的门第，
称这亲人的至爱波哩婆提。
美人后来得名乌玛，只缘
母亲劝阻她苦修呼喊"乌玛"。③（26）

尽管山王有子嗣绵延，
仍对这孩子百看不厌，
犹如春天里鲜花无数，
蜂群仍然偏爱芒果树。（27）

---

① 毗杜罗（vidūra）山地盛产宝石。
② 按印度古代历法，月亮共有十六分，白半月月分依次增长，黑半月月分依次减少。另参见 4.13 脚注。
③ "波哩婆提"（pārvatī）派生自"高山"（parvata）一词，意为"山的女儿"；"乌玛"（umā）字面义是"啊，不要！"。

父亲依靠她获得净化和美化，
正像灯依靠光芒四射的火焰，
天国路依靠流经三界的恒河，
智者们依靠精雕细琢的语言。（28）

童年时她常与女友结伴，
在曼达吉尼河滩堆祭坛，
时而玩布偶，时而戏球，
仿佛品尝到游戏的滋味。（29）

她牢记教诲，受教育之际，
前生学的知识涌现她心里，
犹如天鹅群秋天飞临恒河，
自身光辉夜里降临大药草。①（30）

她长到了已过童年的年纪，
这是修长身材的天然装饰，
不称作酒也能够令人迷醉，
迥异于花也会成爱神武器。②（31）

---

① 传说药草受月亮滋养，在夜晚会发光。
② 爱神的原形是一位身骑鹦鹉、佩弓携箭的美少年，他的弓由甘蔗做成，
  弓弦是一排蜜蜂，囊中有五支箭，箭镞由五种花构成，他射中谁谁就陷
  入爱情。

她步入大好青春年华，
展现匀称优美的形体，
好似画笔描绘的图画，
又如阳光催开的莲花。（32）

她的双脚踩踏在地面，
翘起的脚趾流光闪闪，
犹如渗出红彤彤颜色，
呈现移动的旱莲之艳。（33）

她似经天鹅教导而肢体微弯，
行走时步姿优美，魅力尽显，
而天鹅们也企盼接受她指点，
渴望获得脚镯的叮当声串串。（34）

造物主为她造出优美小腿，
浑圆匀称而又不过分修长，
然后，他仿佛是不辞劳累，
在其他肢体上努力创造美。（35）

象王的鼻子皮肤粗糙，
优质的芭蕉始终清凉，
尽管都有粗圆的形态，

11

与她的大腿不可比量。（36）

这位无可挑剔的完美女子，

后来被山主①湿婆拥入怀里，

其他女子皆可望而不可及，

可见她腰带部位魅力无敌。（37）

她的纤细而柔软的汗毛线，

越过衣结深入凹陷的脐眼，

犹如青色摩尼珠闪闪发光，

端然镶嵌在她的腰带中间。（38）

这少女腰肢纤细如祭坛，

三条可爱皱褶分布腰间，

仿佛是青春使用的阶梯，

为了让爱神登临得方便。（39）

这位莲眼少女的嫩白乳房，

这样成熟丰满而相互压挤，

---

① "山主"（girīśa）是湿婆的一个称号。在《鸠摩罗出世》中，"山主"和"山王"二词有本质意义上的不同。"girīśa"等以"īśa"结尾的词专指湿婆，可译作"山主"；而"girinātha""śailādhipati"等词则指喜马拉雅山，可译作"山王"。

以致乳头黝黑的双乳之间，
甚至难觅一根藕丝的间隙。（40）

我猜她双臂比希利奢花娇弱，
以鳄鱼作为旗帜徽标的爱神
尽管败于湿婆，却用这双臂
制作成套住湿婆脖颈的绳索。（41）

在她胸脯上的可爱的颈项
以及绕颈的一圈项链珠光，
交相辉映，形成双方之美，
共同成为饰品和装饰对象。（42）

那位居无定所的吉祥女神，
近月则不能享用莲花之美，
近莲则不能享用月亮之美，
亲近乌玛的脸却两全其美。①（43）

若鲜花有娇嫩的叶芽衬托，
珍珠放在明净的红珊瑚上，
这样才能模拟纯洁的微笑，

———————

① 月出则莲闭，诗人在这里将乌玛的脸既比作月亮又比作莲花。

闪现在她鲜艳的红嘴唇上。①（44）

她的语音似甘露潺潺流淌，
言辞高贵文雅，相形之下，
雌杜鹃的叫声听起来刺耳，
犹如弹奏弦音跑调的琵琶。（45）

这闪烁不定的灼灼目光，
与风中的青莲没有两样。
是这大眼女郎取自雌鹿，
还是雌鹿取自她的身上？（46）

她的两弯长眉毛可爱娇媚，
宛如用眉笔沾上眼膏描绘。
爱神看到它的这种魅力后，
不再沉醉自己的弯弓之美。（47）

如果动物也心知羞涩之义，
看到山王之女的这个发髻，
毋庸置疑母牦牛也会减少

---

① 梵语诗人常以白色比喻微笑。在该诗中，花朵为白色，嫩芽为红色，珍珠为白色，珊瑚为红色，两种组合极为贴切地描摹出红唇上闪现洁白笑容的美丽。

对自己的尾毛的偏爱欢喜。（48）

造物主创造她费尽心力，
将世间的一切喻体汇集，
按照部位逐一安排适宜，
似欲看到众美萃聚一体。（49）

据说那罗陀仙人随意游荡，
一次见这少女在父亲身旁，
预言她将成为湿婆的妻子，
凭爱将丈夫一半身体分享。（50）

因此即使她已到适婚年龄，
父亲也不想为她另择夫君，
因为火之外的其他发光体，
不配享受颂诗净化的祭品。（51）

而这位神中之神不来求婚，
山王也不能请他娶女成亲。
善人因为害怕要求被拒绝，
即使有所求也保持平静心。（52）

这皓齿少女在前生里，

怨恨陀刹而抛弃身体。
从此之后,兽主湿婆
摆脱执著,不再娶妻。(53)

他身穿兽皮衣,控制自我,
在雪山某座峰顶修习苦行,
那里恒河水流冲刷着青松,
麝香馥郁,有紧那罗吟咏。(54)

他的侍从耳饰那梅卢花,
身穿肤感舒适的桦树皮,
用雄黄当颜料涂抹身体,
坐上遍覆苔藓的石板地。(55)

扬蹄踢踏着积雪的山岩,
他的牛发出骄傲的低鸣,
其他牛纷纷惊恐地观望,
见它难忍狮吼咆哮出声。(56)

在那里,八形大神①用柴薪燃火,
这火就是他自己的另一种形体,

————————

① 湿婆有地、水、火、风、空、日、月、祭祀八种形体。

尽管他自身创造了苦行的成果，
依然怀揣某种愿望将苦行修习。（57）

他无与伦比，受众神尊崇，
山王携供品向他恭拜敬呈，
然后又吩咐女儿控制自我，
与女友一同前去将他侍奉。（58）

尽管她会妨碍沉思入定，
湿婆仍然同意她来侍奉，
因为即使存在种种变因，
坚定者的思想不会变更。（59）

采集祭供用花，勤将祭坛清扫，
带来每日祭祀用的水和拘舍草，
这妙鬈女郎每天这样侍奉湿婆，
他头顶上的月光为她驱除疲劳。（60）

第二章

安居天国的众天神，
这时遭多罗迦侵袭，
在因陀罗的带领下，
造访自生者的①住地。（1）

众神暗淡憔悴了容光，
梵天现身却赫奕辉煌，
犹如清晨初升的朝阳，
照耀遍布睡莲的池塘。（2）

然后，众神俯首施礼，
敬拜这万物的创造者②、
四面生脸的语言之主，

---

① 这里"自生者的"（svāyaṃbhuva）特指属于梵天的。
② 印度教三大神梵天、毗湿奴和湿婆分别司掌世界的创造、维持和毁灭。

口中称颂,意真辞切:(3)

"礼敬有三种形态的你,
创世前你是唯一自我,
之后分成善忧暗三性,
形态纷呈,各不相同。①(4)

"你曾经洒入水中一粒种子,
不生者啊,定然不会落空,
动与不动的万物皆从它来,
你被当作万物之源来歌咏。(5)

"你凭借三种形态,
显出巨大威力来,
唯你是创造、维持、
毁灭的原因所在。(6)

"你渴望创造,分化形态,

---

① "三种形态"指梵天、毗湿奴和湿婆。根据婆罗门教正统哲学数论派的
观点,世界有"原人"和"原质"两种永恒实在。原人是不变的,又称"自
我",也就是灵魂。原质是原初物质,又称"自性",处于未显状态,具有
善、忧和暗三种性质。数论派认为,原质与原人的结合是世界上各种
事物存在和发展的原因。在结合过程中,原质的平衡状态被打破,三
性之间的各种结合和分离,演化出世间万象。

自身一分为二化为男女，

传承经典认定二者正是

生生不息创造物的父母。（7）

"你测量自己的时间，

划分出白天和黑夜，

你的觉醒与沉睡是

万物的创造和毁灭。①（8）

"你本无源，是世界之源，

你本无际，是世界边际，

你本无始，是世界肇始，

你本无主，是世界之主。（9）

"凭自我认识自我，

凭自我创造自我，

凭强有力的自我，

你彻底融入自我。（10）

---

① 印度神话将世界分为四个由伽（时代）：圆满时代、三分时代、二分时代、争斗时代。有一种说法认为这就是一劫。四时比较起来，时间越来越短，人的体质和道德也越来越坏。争斗时代一结束，就是劫末，世界要毁于烈火。然后新的世界被重新创造，开始新的四时。根据《摩奴法论》1.72，四由迦的一万二千倍是一个天神时代，而一千个天神时代形成梵天的一日，同样的时间形成他的一夜。

"你是流动的，又紧密坚固，

你是大是小，是轻又是重，

你是显现的，又隐而不见，

你在巨大威力中愿起意动。(11)

"你是吠陀颂诗之源，

它以唵声作为起始，

依靠三个音调发声，

用作祭祀，果即天国。[①] (12)

"人们皆说你是原质，

为了原人方才运转，

人们皆知唯你是原人，

对于原质冷眼旁观。[②] (13)

"你是祖先们的祖先

也是天神们的天神，

比至高的存在更高，

_____

① "唵"(om)这个字原是在问答中表示肯定答语的词，后来由于用在诵经的始末而被赋予了神秘意义。吟诵吠陀有三种音调，即 udātta（高音调）、svarita（降音调）和 anudātta（低音调）。根据婆罗门教正统哲学弥曼差派的观点，举行吠陀经典所规定的祭祀，获得的最高果报就是升入天国。

② 参见 2.4 脚注。数论派认为，在原质的演变过程中，原人虽然在场，但只是一个"观者"或"不活动者"，本身保持独立，并不参与整个过程。

是造物主的创造者。(14)

"唯你永恒,是祭司又是祭品,
是享食者又是被享食者,
是认知者又是被认知者,
是沉思者又是沉思的至高对象。"(15)

听了他们交口称赞,
如实而又触动人心,
创造主欲布德施恩,
于是回答这些天神。(16)

这位古老诗翁,
四张嘴里发出
四重复沓语声,
能让目的达成:(17)

"欢迎,强大有力者,
你们有如轭的长臂,
恪尽己责各凭威力,
如今齐到此间聚集。(18)

"为何你们的容颜,

不复往昔般灿烂，
如同天上的群星，
遭遇霜雪而黯淡？（19）

"诛灭弗栗多的因陀罗，
他的金刚杵光彩灭息，
不再闪耀彩虹的绚丽，
看似边刃已不够锋利。（20）

"伐楼那手中这条套索
一直所向无敌，现在
为何陷入蟒蛇的惨境，
威力遭到咒语的破坏？（21）

"俱毗罗手臂失去神杵，
仿佛折断枝条的大树，
它好似正在历历倾诉
利箭穿心的挫败屈辱。（22）

"刑杖的光辉变得晦暗，
阎摩用它来划拉地面，
纵然它曾经百发百中，
也被贬为熄灭的火炭。（23）

"为何这些阿底提之子①，
失去光热，变得冰凉，
他们仿佛被绘入画中，
可任人随心所欲观赏？（24）

"风神的脚步凌乱，
可知他势头受阻，
正如逆流出现时，
便可知洪水遇堵。（25）

"连楼陀罗的颗颗头颅，
新月也歪在斜顶髻上，
表明他的法宝'唵'声，
受到打击发不出声响。②（26）

"你们过去取得的地位，
难道被更强之敌颠覆，
就好像是普遍的规则，
已经被种种例外废除？（27）

---

① "阿底提"（aditi）是无限女神，也是迦叶波大仙之妻、众神之母，她的孩子即阿提迭（āditya），共十二位（亦有六位、七位、八位之说），毗湿奴、伐楼那、密多罗、楼陀罗、普善、陀湿多和因陀罗等皆在其列。
② 印度神话中，传说从梵天的前额诞生了十一位楼陀罗，"唵"声是他们的武器。

"因此告诉我吧！孩子们，

你们齐聚于此求告什么？

因为我只负责创造世界，

保护它才是你们的职责。"(28)

于是，因陀罗运用千眼①，

催促老师语言之主②答言，

他那些眼儿闪耀着妍艳，

似和风拂动的簇簇菡萏。（29）

作为因陀罗的一双明眸，

语言之主胜过他的千眼，

面对以莲花为座的梵天，

他双手合十，这般开言：（30）

"尊者啊，正如你所说，

我们的地位为敌剥夺。

主人啊，你怎会不知？

万物中遍存你的自我。（31）

---

① 传说因陀罗曾引诱仙人乔答摩的妻子，被后者诅咒，身生一千个印记，
状如女子性器，后来它们变成眼睛，他亦得号"千眼"。

② 这里的"语言之主"是指众神的老师毗诃诃波提（Bṛhaspati）。

"叫'多罗迦'的大阿修罗，
依仗您的恩惠趾高气扬，
他的出现如同彗星划过，
将给世界带来不幸祸殃。（32）

"太阳播撒着光热
在他的城市里面，
分量只够让池中
莲花舒张开睡眼。（33）

"月亮侍奉这一位魔王，
总是倾尽全部的月分，
唯独没拿走湿婆头上
当作顶髻宝珠的月牙。（34）

"风儿唯恐掠走鲜花，
脚步在他花园停下，
靠近他时微微吹拂，
不及蒲扇之风更大。（35）

"各季放弃轮流值守，
都来侍奉这位魔王，
如同他的私人园丁，

一心要让百花盛放。(36)

"河流之主①苦苦期盼,
海中宝石颗颗璀璨,
孕育成熟适合进贡,
堪当礼物向他奉献。(37)

"以婆苏吉②为首的群蛇,
顶冠上宝石光辉灿烂,
他们成了不灭的灯盏,
夜晚随侍多罗迦身边。(38)

"心中期盼他施与恩泽,
连因陀罗都屡遣使者,
送去如意树③长的宝饰,
对着这恶魔讨好迎合。(39)

"尽管他被如此取悦,

---

① "河流之主"指大海,大海中生长各种宝石矿。
② "婆苏吉"(vāsuki)是著名的蛇王,天神和阿修罗曾用他缠住弥卢山搅
乳海。
③ "如意树"(kalpavṛkṣa),或译"劫波树",是天国神树,要什么就长什么,
有求必应。

却仍然将三界折磨，
恶人不因恩惠罢手，
以恶制恶才是良策。（40）

"欢喜园中的佳树良木，
天女曾亲手折下嫩叶，
如今惨遭这恶魔荼毒，
品尝劈砍崩摧的苦楚。（41）

"被俘的天女手持拂尘，
为沉沉入睡的他轻扇，
微风好似她们的叹息，
伴有泪珠儿飞洒四溅。（42）

"连根拔起弥卢山的峰峦，
黄褐马曾于此奋蹄踏践，
他当成私家赏玩的假山，
摆设在自己的华屋宝殿。（43）

"天上的恒河只剩下河水，
浑浊不堪因方位象迷狂，
此刻多罗迦的片片池塘，

却成为金莲丰收的花床。①（44）

"因为害怕他的袭击，
天车车道已经荒弃，
天国居民不能享受
游览世界时的乐趣。（45）

"这位幻术师在行祭时，
从祭火口中劫掠侵占
祭祀者供奉来的祭品，
我们却只能瞪眼旁观。（46）

"他掠走高贵的马宝，
名叫'高耳'的神驹，
它宛如化作肉身的、
因陀罗持久的声誉。②（47）

"我们对付这一个凶徒，
一切手段都遭遇失利，
如同疗效强大的药草，

---

① 这里暗指多罗迦掠走恒河里的金莲据为己有。
② 传说天神与阿修罗搅乳海时产生了高耳（uccaiḥśrava）马，它是因陀罗
的坐骑。

应对重症并发①的顽疾。(48)

"我们对于胜利的渴望，
寄托于毗湿奴的飞轮②，
它撞击时迸射出火光，
似将金饰套恶魔颈上。(49)

"击败天象爱罗婆多，
如今多罗迦的象群，
正在戏触云的边沿，
其中包括雨云卷云。③(50)

"因此，主人啊，我们期盼
创造一位统帅铲除多罗迦，
正如求解脱者为终止轮回，
欲得斩断业力束缚的正法。(51)

"若劈山者因陀罗安排
他担任先锋保护天军，

---

① "重症并发"对应的原词是"sāṃnipātika"，具体指人体内的风、胆汁和
黏液(痰)等三种致病因素同时紊乱引发的疾病，此处翻译从略。
② 飞轮是毗湿奴的武器。
③ 天象爱罗婆多(airāvata)是因陀罗的坐骑，传说诞生于众神搅乳海之
时。此外，诗中使用了"taṭāghāta"一词，意指大象喜欢的"顶壁游戏"。

就会从敌人那里救回
形同俘虏的胜利女神。"(52)

语言之主话刚说罢,
自生者便开口回答,
言辞迷人远远胜过
雷鸣后的雨水泼洒。(53)

"你们这愿望将会实现,
还需要等待些许时间,
但我为确保促成此事,
不会将创造独自承担。(54)

"从我手上获得了荣耀,
这提迭①不能命丧我手,
亲手培植的纵为毒树,
也不宜自己劈砍搓揉。(55)

"他曾求告这件事情②,

_____

① "提迭"(daitya)是提底之子,常与阿修罗等同,被视为恶魔,专与天神
作对。
② "这件事情"指多罗迦凭借苦修从梵天那里求得恩惠:除非出生仅七
天的婴儿或湿婆的儿子,谁都不能杀死多罗迦。

我过去也允准答应，

因而施恩平息了他

能焚毁世界的苦行。（56）

"除了青颈①大神湿婆

溅落的一部分精液，

谁还能够对抗这位

准备战斗的好战者？（57）

"这位天神乃至高光芒②，

辖域越过黑暗的界疆，

身上蕴藏着巨大威力，

我与毗湿奴皆难测量。（58）

"湿婆之心专注而安定，

依靠乌玛的美丽迷人，

你们要努力引他动心，

如同借磁石把铁吸引。（59）

---

① 传说众神和阿修罗搅乳海时，搅出能毁灭世界的毒药，湿婆为救世将
它吞下，结果药力发作，烧黑了喉咙，故而他又名"青颈"（nīlakaṇṭha）。
这里"青颈"使用的是"nīlalohita"一词。
② 摩利那特将"至高光芒"（paraṃ jyotis）解释为"至高自我"（paramātmā）。

"我和湿婆抛洒的种子，

只有两者才能够承起，

对湿婆来说就是乌玛，

对我则是他水的形体①。（60）

"这位青颈大神的儿子

成为你们的统帅之后，

会凭借他的巨大威力

解开被俘天女的发髻。"②（61）

对众位天神说完这些，

宇宙子宫③便销声匿迹，

这些天神也返回天国，

把应做之事牢记心里。（62）

决定派爱神担此重任，

诛灭巴迦者④立刻动身，

他迫不及待完成任务，

以倍速动念转瞬来临。（63）

---

① "水"是湿婆的八种形体之一，而大梵天曾将卵置于水中生成金蛋，见
  《摩奴法论》1.8。
② 丈夫不在身边的女子不可解开发髻、梳理打扮。
③ "宇宙子宫"（viśvayoni）是梵天的一个称号。
④ "诛灭巴迦者"（pākaśāsana）是因陀罗的一个称号。

爱神之弓顶部优美若佳人柳眉，

他将弓挂在有罗蒂①镯痕的颈上，

又将芒果芽之箭交给同伴春神，

然后双手合十，侍立百祭②身旁。（64）

---

① "罗蒂"（rati）是爱神的妻子。
② "百祭"（śatamakha）是因陀罗的一个称号。

第三章

天王因陀罗的千眼目光
离开众神，齐落他身上。
主人们对于仆从的关注，
通常跟随意图转移对象。（1）

为他在自己宝座附近赐座，
婆薮之主①说："请坐在这里！"
他俯首欣然接受主人恩赐，
然后就开始悄悄对他说起：（2）

"知人善任者啊，敬请吩咐
三界之中要为你做的事情，
你想起我就是赐予我恩惠，
我盼你吩咐，使恩惠倍增。（3）

---

① "婆薮之主"（vāsava）是因陀罗的一个称号。

"有谁长期修炼严酷的苦行，
想取得你的地位而惹怒你？
那么他立刻就成为我这把
搭上箭的劲弓射击的鹄的。（4）

"有谁对再生之苦心怀畏惧，
走上解脱之路，令你不喜？
那就用美女们眉头微挑的
迷人斜睇将他长久地绑起。（5）

"请说吧，我派遣欲望使者出发，
打击你哪位敌人的利益和正法？
好似汹涌的洪流冲击河的两岸，
即使他师从优沙那①习得正道论。（6）

"哪位发誓忠贞而苦恼的女子，
她娇俏可爱动摇了你的心旌？
你盼望这位美臀女抛下羞涩，
自愿伸展双臂搂住你的脖颈。（7）

"情种，你负情于哪位佳丽，

---

① "优沙那"（uśanas）即修迦罗仙人，他是婆利古仙人之子（一说是其孙）、众阿修罗的老师，以智慧博学著称。

即使下跪仍遭她愤怒拒绝？
为此，我要让她后悔不已，
身体向嫩芽床来寻求荫庇。（8）

"放心吧，就让你的金刚杵歇息，
英雄啊，我要用我的这些利箭，
迫使哪一位天神之敌丧失臂力，
甚至惧怕气得嘴唇颤抖的红颜？（9）

"靠你的恩惠，即使我以花为刀兵，
而且仅仅拥有春神这唯一的辅佐，
也能让持三叉戟的湿婆失去坚定，
在我面前，其他弓箭手又算什么？"（10）

爱神已表明自己具备才干，
能实现因陀罗心中的愿望，
于是他把脚从大腿上放下，
赏光踏上脚凳，对爱神讲：（11）

"朋友啊，这一切你都能做到，
你和金刚杵是我的两件武器，
金刚杵遇苦行力强者会变钝，
而你无论到哪里都所向披靡。（12）

"我知道你有与我一样的威力，

因此我有重大任务要委派你，

黑天看到湿舍能够支撑大地，

故而指派它承载自己的身体。①（13）

"一说起你的箭能射向湿婆神，

你几乎已经完成我们的任务，

如今众天神面临强大的敌人，

你要知道这正是他们的愿心。（14）

"为求获胜，这些天神盼望

湿婆的精子诞生天兵元戎。

他心系于梵，布列各种咒语，

而你射出一支箭就能成功。②（15）

"请你努力让控制自我的湿婆，

爱上自我克制的雪山之女吧！

自生者梵天已经指出：妇女中，

唯她适合接受湿婆精子抛洒。（16）

---

① 传说蛇王湿舍（śeṣa）在地下以蛇冠支撑大地，而毗湿奴（黑天）就躺在蛇冠上。

② 根据摩利那特的注释，该诗中的"brahmāṅgabhūḥ"一词有"施行真言尼耶舍"的意思，也即口诵真言，将代表诸神的梵语声字布列于身体各部位，以达到"神我合一"的境界，但其他注家也有别解。

"这位山王之女奉父亲之命，
在山顶侍奉湿婆修习苦行。
我从天女口中闻知此消息，
因为她们是密使，听我号令。（17）

"因此你去完成天神的伟业吧！
此事依靠另一件事情来实现，
故而需要你作为成事的主因，
犹如种子发芽前要用水浇灌。①（18）

"湿婆是一众天神取胜的门径，
唯你有幸能够放箭将他射中，
因为完成别人不能完成之事，
虽不显耀，也是男人的光荣。（19）

"这些天神都是前来求告之人，
这也是一项攸关三界的任务，
用你的弓完成此事不太残酷，
哎呀，你的威力真令人羡慕。（20）

"爱神啊，春神与你出入相随，

---

① "天神的伟业"指让湿婆生下天神的统帅，"另一件事"指湿婆娶波哩婆提为妻。

因此不用吩咐,他也是辅佐,

正如有谁会对风发出指令说:

'你必须吹旺祭火把祭品吞没!'"(21)

"好吧!"爱神俯首接受主人命令,

犹如接受供神的花环,准备出发。

天王因陀罗伸手摸了摸他的身体,

手掌粗糙因常将爱罗婆多象拍打。(22)

有可爱的朋友春神作伴,

罗蒂疑虑重重紧随后面,

他去雪山湿婆的净修林,

完成任务要把身体奉献。(23)

林中的牟尼控制自我,

针对他们的苦行入定,

春神现身后展示自己,

成为意生爱神①的矜恃。(24)

发光发热的太阳跨越时令,

开始走向财神保护的北方,

---

① 诗中"爱神"用了"saṃkalpayoni"一词,意为"意生者",按印度古代传说,爱神诞生自梵天的意识中。

这时，南方仿佛愁苦郁闷，

张嘴叹息，呼出香风阵阵。①（25）

顿时，无忧树的树干上

绽放鲜花，有绿叶相映，

并不等美女们用脚踢开，

伴随着脚镯声叮铃叮铃。②（26）

顿时，春神安上新芒果花箭，

以嫩叶芽为箭羽，惹人爱怜，

他还安排蜜蜂们停留在上面，

似刻有爱神名字的字母一串。（27）

迦尼迦罗花虽然色彩鲜艳，

却因缺少香味而令人遗憾。

通常来说，创世主的创造

并不追求品质的完美圆满。（28）

波罗奢花还没有绽开，

---

① 该诗描述太阳不按时令，追随春神的脚步，前往北方雪山。按印度古代传说，各方位由不同神护卫，如因陀罗保护东方，阎摩保护南方，伐楼那保护西方，俱毗罗或苏摩保护北方。

② 传说无忧树在春天经美女脚踢才会开花。

弯似新月，色泽红艳，

仿佛春天与林地合欢，

留下的指甲印痕点点。（29）

春美人脸上展现提罗迦鲜花①，

以蜜蜂作点染的眼膏而迷人，

她又用朝阳般柔和的红颜料，

装扮好自己芒果花蕾的娇唇。（30）

波利亚罗树花簇的花粉，

将群鹿的视线迷得昏昏，

它们兴奋激动，逆风狂奔，

林中落叶沙沙，响声阵阵。（31）

雄杜鹃品尝芒果的嫩芽，

喉咙红润发出甜蜜鸣哢，

鸣声成为爱神下的命令，

能挫败骄横女子的傲慢。（32）

因冬雪消融，紧那罗

妇女们脸色微微变白，

---

① "提罗迦花"（tilaka）一词也有额前"吉祥志"的意思。

嘴唇鲜亮，汗珠渗出，
分布在彩绘的条纹处。（33）

湿婆净修林中的苦行人，
看到这春天不应时降临，
努力抑止了情感的躁动，
好不容易控制自己的心。（34）

一旦爱神由妻子罗蒂陪伴，
进入到此地，为花弓上弦，
成双作对者都以动作展现
充满爱意的感情，臻于极点。①（35）

小蜜蜂追随自己的爱侣，
啜饮同一花杯中的花蜜。
黑斑鹿伸角为雌鹿搔痒，
雌鹿感觉舒服将眼闭起。（36）

母象含情喷给公象一口水，
水中散发莲花花粉的香气。

———————

① 诗中的"情"（bhāva）一词是印度古典戏剧学中的重要概念，其中的常情"爱"（rati）又恰恰人格化为爱神的妻子罗蒂，该词的使用让整节诗前后呼应。

43

而轮鸟①用嚼了一半的莲藕
喂给妻子表达自己的敬意。（37）

紧那罗在歌唱间歇吻妻的脸，
那脸因醉酒眼波流转而娇艳，
但劳累后渗出的一滴滴汗珠，
使彩绘的线条稍稍变得漫漶。（38）

连树木也受到蔓藤新娘拥抱，
下垂的枝条就是她们的手臂，
她们以繁茂的花簇作为丰乳，
以颤动的花蕾为唇，令人神迷。（39）

湿婆虽然听到天女歌唱，
此刻依然专心沉思冥想，
因为各种障碍始终不能
破坏控制自我者的禅定。（40）

难底②以左前臂挽住金杖，
守卫在蔓藤凉亭的门旁，

---

① 轮鸟（rathāṅganāman）是一种传说中的水鸟，雌雄白天相聚，夜晚不得
不分离，印度诗文中常用它们比喻伉俪情深的夫妻。
② 难底是湿婆的侍卫。

一根手指放在唇上示意，
告诫侍从莫躁动出声响。（41）

遵照他的命令，树木不晃动，
蜜蜂变得安静，鸟儿不发声，
鹿儿停止活动，这整片树林，
一切动作都仿佛凝固在画中。（42）

爱神避开了他目光的投射，
如旅途中避开前方的金星，
他闯进精灵主的禅定处所，
周围有那弥卢树枝蔓交错。①（43）

爱神的身体面临毁灭，
他看到了三眼神湿婆
正控制自我，在铺设
虎皮的松树圣坛安坐。（44）

湿婆结跏趺坐上身稳固，
身板直挺挺而双肩垂下，

---

① 在印度神话中，太白金星被人格化为婆利古仙人之子修罗迦，参见 3.6
脚注。根据印度传统占星学，星有吉凶之分，与人类的各种活动密切
相关。"精灵主"（bhūtapati）是湿婆的一个称号。

双手掌心朝上安放膝间，
好像是一朵绽放的莲花。（45）

他发髻上盘，有蛇束系，
耳上挂有双线的念珠串，
身穿系结的黑色鹿皮衣，
映着脖颈光，尤显青黎。①（46）

他眼盯鼻端，目光向下，
一圈浓睫毛不颤也不眨，
瞳孔端凝严厉微微放光，
眉毛也停止了活动变化。（47）

他抑止体内运行的风，
似不降雨的厚厚云层，
又如不起波浪的湖海，
还像无风处不晃的灯。（48）

以骷髅上眼穴为通道
湿婆的头部射出光线，
使得纤柔更胜藕丝的

---

① 诗中描写的束起发髻、佩戴念珠、身穿黑鹿皮等皆是苦行者的典型装束。

新月的光辉显得黯淡。①（49）

阻止思想在九门中的活动，
让它受禅定控制固定心中，
然后他在自身中看到自我，
知领域者们以不灭者相称。②（50）

爱神在近处看到三眼湿婆，
这模样连思想也不能靠近，
于是惊恐得双手下垂松脱，
未觉察弓和箭从手中失落。（51）

然后只见山王女儿出现，
两位森林女神跟在后面，
她仿佛要以优美的形体，
恢复他毁灭殆尽的勇气。（52）

她戴着春之花将自己装扮，
其中无忧花令红宝石赧颜，

---

① 湿婆头上以梵天的骷髅为冠，以新月为饰。根据《瑜伽经》3.31，瑜伽行者通过总御头颅空隙中的光而获得悉陀的眼力。
② 身体"九门"（navadvāra）指双眼、双耳、双鼻孔、嘴、肛门和生殖器。"领域"（kṣetra）指身体，"知领域者"（kṣetrajña）指通晓身体的人，这里应指智者。"不灭者"（akṣara）指"自我"（ātman），也即"梵"。

迦尼迦罗花夺取金子光辉，
信度婆罗花成为一串珠链。（53）

她穿着红若朝阳的衣衫，
丰乳似令身体微微下弯，
像遍覆嫩芽的行走藤蔓，
因花团锦簇而垂向一边。①（54）

她几次三番提起从臀部
滑落的腰带盖瑟罗花环，
仿佛是精通部位的爱神
安在那里的第二根弓弦。（55）

她芬芳的呼吸让蜜蜂渴望倍添，
在她的频婆果下唇上徘徊流连，
她的眼波惊慌流转，一刻不停，
用一枝把玩的莲花将蜜蜂驱赶。（56）

看到她的身体四肢皆无可挑剔，
甚至令罗蒂都陷入羞愧的窘境，
手持花弓的爱神再次抱有希望，

---

① 梵语诗文中的嫩芽常为红色，故而以此比喻红色衣衫。

对控制感官的湿婆能完成使命。(57)

乌玛来到自己未来的丈夫、
湿婆大神的苦行地入口处。
他看到体内称至高自我的
无上之光,便将瑜伽停住。(58)

然后湿婆缓缓释放气息,
松开盘紧的结跏趺坐姿,
而蛇王在下面好不容易
用顶冠撑住那里的大地。(59)

这时难底俯首向他回禀,
雪山之女乌玛前来侍奉,
主人只扬眉同意她进来,
难底便遵旨将乌玛迎请。(60)

她的两个女友先俯首致敬,
然后将亲手采摘的春之花
抛撒在三眼神湿婆的脚下,
其间也有细碎的嫩叶混杂。(61)

乌玛也向湿婆俯首致敬,

佩在耳朵上的嫩叶落下，
还掉落了戴在乌发中间
美丽鲜艳的迦尼迦罗花。（62）

"愿你获得忠贞不二的夫君！"
湿婆对她说的话句句是真，
因为自在天①的话从来不会
在这世界上产生反义悖论。（63）

而爱神正等待射箭时机，
如同飞蛾想飞入火口里，
他将自身弓弦拨了又拨，
趁乌玛在场，瞄准湿婆。（64）

乌玛用红光艳艳的手，
向修苦行的湿婆敬奉
阳光晒干的莲子念珠，
它产自曼达吉尼河中。（65）

三眼神湿婆喜爱信徒，
准备接受这一串念珠，

---

① "自在天"（īśvara）或"大自在天"（maheśvara）都是湿婆的称号。

此时爱神则搭箭张弓，
箭名"痴迷"，百发百中。(66)

诃罗①的坚定有点儿动摇，
犹如月亮初升时的海潮，
他的目光注视乌玛的脸，
只见下唇频婆果般妖娆。(67)

雪山女儿肢体也真情尽展，
宛如迦昙婆鲜花娇嫩轻颤，
她侧着脸蛋儿，亭亭玉立，
面上眼波流转，更添美艳。(68)

三眼湿婆再次凭借控制力，
将感官骚动强有力地抑止，
眼睛扫视四面八方，想要
发现自己思想变化的根底。(69)

他看见爱神在右眼角
握紧拳头，左脚收缩，
肩膀倾斜，美丽的弓

---

① "诃罗"(hara)是湿婆的一个称号。

挽成圆圈,准备发射。(70)

苦行受干扰,怒火猛烧,
他双眉紧蹙,脸色难瞧,
突然从他的第三只眼中,
喷射出炽烈闪耀的火苗。(71)

众神的呼声在空中回荡:
"息怒啊,请息怒,主人!"
而湿婆眼里喷射的火焰,
已将爱神烧得只剩灰烬。(72)

飞来横祸造成罗蒂昏厥,
令她所有感官停止活动,
她仿佛由此而获得恩典,
因为暂时不知丈夫遇难。(73)

正在修习苦行的精灵之主,
迅速摧毁这个苦行障碍物,
犹如金刚杵击毁林中树木,
为不近女色携众精灵隐去。(74)

雪山之女想到高贵父亲的愿望

连同自己的花容月貌全都泡汤，
还有两位女友在场，倍感羞愧，
茫然不知所措，返回家的方向。（75）

山王立刻伸臂挽住可怜的闺女，
她畏惧湿婆的怒火而双眼紧闭，
似天象身携挂在象牙上的芙蕖，
沿路疾行，速度快得抻长身体。（76）

第四章

这时，爱神之妻完全失控，
深陷昏迷，又被命运唤醒，
这命运将会让她深切体验
不堪忍受的年轻守寡之痛。（1）

昏迷醒来，她睁开眼，
定睛查看，她还不知
这双眼睛百看不厌的
爱人形象已丧于永远。（2）

"生命之主啊，你可还在？"
她这样说着，就站起了身，
而看到眼前地面上的人形，
只是湿婆怒火烧成的灰烬。（3）

于是,她又陷入无尽痛苦,
匍匐在地而胸前沾满灰土,
披头散发,似要让这地方
感受同样苦楚,哀哀哭诉:(4)

"你这具身体因为可爱美丽,
从而成为多情之人的喻体,
如今落此境地,我却尚未
心碎而死,女人真是心硬!(5)

"我的生命依靠你,可你
刹那间绝情绝义将我弃,
跑去哪里?如洪水破堤,
抛弃莲花,奔腾而去矣!(6)

"你从来都不曾惹我生气,
我也从来没有违背过你,
为何你无缘无故就不肯
看一眼正在痛哭的罗蒂?(7)

"爱神啊,你是不是还能够记起,
你叫错名,我用腰带将你绑住,
或者我用耳上装饰的莲花打你,

上面散落的花粉迷住你的双目？（8）

"你曾说过：'你住在我心中。'
我知道是谎言，想让我高兴，
如果这不是你故意恭维奉承，
为何罗蒂无恙，你失却身形？（9）

"你刚刚才前往另一个世界，
我会踏上你的道路追随你。
这个世界遭受命运的捉弄，
而众人的幸福确实仰赖你。（10）

"夜色茫茫，遮蔽城中路漫漫，
雷声隆隆，春情女儿心胆寒，
亲爱的，除了你，谁能让她们
依然前往心上人的住处会面？（11）

"女子饮酒醉意绵绵，
双眼通红顾盼流连，
一步一晃言辞磕绊，
如今没你都成笑谈。①（12）

---

① 最后一句意思是没了情人欣赏，妇女的一切醉态都成空。

"无形者啊,自从月亮知道你
这位挚友形体已成故事话题,
升起失效,虽然黑半月已过,
它却将痛苦地摆脱单薄纤细。①（13）

"雄杜鹃啼声甜美传信息,
芒果树花朵初绽惹人迷,
花梗红红绿绿可爱美丽,
你说如今谁的箭用它替?②（14）

"成行成排的蜜蜂曾经
无数次被你用作弓弦,
现在它们发出悲鸣声,
仿佛陪忧伤的我哀恸。（15）

"恢复你那迷人的身形,
站起身来,再次委任
天生擅长甜言蜜语的

---

① 印历一年分十二个月,由月望至月望为一月,月望至晦称黑半月,月亮
由盈转亏;由朔至望称白半月,月亮由亏转盈,《大唐西域记》卷二说
"黑前白后,合为一月"。此节是说失去爱神,月亮将不再能起到激发
爱情的作用。
② 参见 1.31 脚注,芒果花是构成爱神箭镞的五种花之一。

雌杜鹃担任爱的使臣。①（16）

"犹忆我俩悄悄幽会时，
你那种种的爱情游戏，
颤抖拥抱，叩首求情，
爱神啊，我无法平静！（17）

"你这位精通情爱的人儿啊，
我身体上的这些时令花饰，
由你亲手布置，如今尚鲜，
你可爱的形体却消失不见。（18）

"来吧，请为我这左脚，
涂上鲜艳的红色颜料，
残忍的天神想起你时，②
你还没有把它装饰好。（19）

"亲爱的，只要你在天国，
不被狡黠的天女们诱惑，
我就会模仿扑火的飞蛾，

---

① 传说雌杜鹃是爱神的使者，其鸣声能够激发爱情，参见《罗怙世系》
9.43 中的描写。
② 指众神召唤爱神去破坏湿婆苦行。

再次前来，在你怀中依卧。（20）

"爱人，即使我随你而去，
也仍会遭受这样的指责：
'失去爱神，罗蒂竟活着，
哪怕只是活了一时片刻！'（21）

"你已经进入了另一个世界，
我怎样为你做最后的装饰？
因你带着躯体和生命一起，
同时落入不可思议的境地。①（22）

"我记得你揽弓在怀，
并且拉直你的利箭，
眼角频频投去目光，
微笑着与春神交谈。（23）

"你的贴心好友春神在哪？
他曾为你的弓提供花簇，
莫非暴怒的湿婆也将他
送到朋友已前往的去处？"（24）

---

① 一般人死时是灵魂升天，肉身存留，而爱神则是灵魂与肉身同时毁灭。

这些哀悼悲泣的话语
如毒箭扎进春神心里，
他便在她的面前现身，
安慰痛苦难当的罗蒂。(25)

看到春神，她放声痛哭，
猛烈捶胸，折磨着双乳，
因为痛苦在自己人面前，
才如闸门大开宣泄而出。(26)

她痛苦万分，对他诉说：
"这些骨灰颜色斑驳如鸽，
随风飘散零落，春神啊！
看看你朋友还剩下什么！(27)

"爱神啊，现在求你现身！
这位春神一心渴望见你，
男人的爱对妻子不坚定，
对朋友绝不会三心二意。(28)

"有春神陪伴在你的身边，
以藕丝为弦，娇花为箭，
世界连同天神和阿修罗，

全都听命于你弓的调遣。（29）

"你这位朋友一去不返，
犹如被风吹熄的灯盏，
请看我好似灯芯一般，
笼罩难忍的痛苦黑烟。（30）

"命运杀死爱神，却放过我，
它屠戮毁灭只完成了一半，
稳固支撑的乔木遭象摧折，
依托而生的丝萝随之坠落。（31）

"因此请你接着这么做，
对朋友履行这项职责，
将孤寡的我付之一炬，
送我到丈夫身边团聚。（32）

"月光追随着月亮前行，
闪电随乌云消失无影，
甚至无知觉者也认同，
妻子追随夫君的路径。（33）

"爱人身躯化作可爱灰烟，

就将它涂抹在我的胸前，
我要置身于烈焰中焚烧，
如同躺在嫩叶的床铺间。（34）

"善人啊，你过去经常
帮助我俩铺设好花床，
现在我俯首合掌求你，
快为我堆柴安排火葬。（35）

"然后，请你以南风为扇，
迅速煽旺我身上的烈火，
你定知道爱神若离开我，
就连一刹那也忍受不过。（36）

"请你把这些事情做完后，
为我俩掬上一捧水祭奠，
你的朋友会在另一世界
与我一起合饮，彼此无间。（37）

"此后若要为另一世界祭供，
春神啊，你要为爱神奉送
那些嫩叶颤动的芒果花簇，
因你的朋友对它情有独钟。"（38）

一个声音突然在空中响起，
安慰准备抛弃身体的罗蒂，
如同及时降下第一场大雨，
抚慰因池枯而痛苦的小鱼：(39)

"以鲜花为武器的爱神之妻，
你丈夫不会长久与你分离，
请听听他到底为了什么事，
如飞蛾扑向湿婆的火眼里。(40)

"生主的感官曾出现骚动，
对自己的女儿生起欲火，
他抑制骚动，发出诅咒，
爱神于是落得这种结果。①(41)

"'一旦波哩婆提修习苦行，
受到湿婆青睐娶她为妻，
到那时湿婆获得了幸福，
就会让爱神恢复其形体。'(42)

---

① 这里提到了梵天爱上女儿娑罗私婆蒂的神话传说：梵天诞生后，因感
到孤独，于是用自己的身体创造出第一个女人娑罗私婆蒂。她十分美
丽，梵天立刻爱上了她。娑罗私婆蒂被他的目光盯得局促不安，到处
躲藏，梵天随之又长出四张面孔，头上的面孔后来被湿婆砍掉。

"正法神求情，生主开言，
说出对爱神诅咒的期限，
自我控制者和乌云都是
雷霆和雨露两者的源泉。①（43）

"因此，美人啊，好好保全
这身体，它将与丈夫团圆。
因为河中的水被太阳吸干，
酷暑过去后又会再度涨满。"（44）

就这样，那位隐形神灵
打消了罗蒂求死的想法，
爱神的友人确信那些话，
也字斟句酌好言宽慰她。（45）

爱神妻遭逢不幸而清减，
于是，等待这灾祸消散，
似白昼的弯月敛去光芒，
苍白黯淡，等候着夜晚。（46）

---

① 这里是说自我控制者和乌云都擅长恩威并施。

第五章

湿婆这样当面将爱神焚毁，
波哩婆提的希望被他粉碎，
她发自内心责怪自身美色，
因为美在爱人处才结硕果。（1）

她沉思入定，希望借助
自身苦行使美貌不虚掷，
否则二者如何兼收并蓄：
这样的爱和如斯的夫婿？（2）

听说这个女儿心系山主，
已经发愿决定修习苦行，
美纳揽她入怀开口相劝，
劝她收回牟尼的大誓愿。（3）

"能令你渴慕的天神就在咱家。
孩子,苦行在哪? 汝身在哪?
希利奢娇花能经受蜜蜂轻压,
却承受不住鸟儿的落足践踏。"①(4)

如此规劝意愿坚定的爱女,
美纳也不能使她心回意转。
谁能扭转矢志不移的决心,
和向低处奔流而去的波澜?(5)

有一次,这心意已决的女郎,
请密友央告知她心愿的父王,
为自己求一处森林中的居所,
用来修习苦行直至成就正果。(6)

然后,高利女神②德高望重的父亲,
喜欢与她相称的坚定,允其所请,
于是,她便前往遍布孔雀的山峰,
那里后来因她的名字而举世闻名。(7)

----

① "苦行在哪? 汝身在哪?"意指波哩婆提的身体与苦行相去甚远、悬殊太大,不堪承受苦行。
② "高利女神"(gaurī)是波哩婆提的一个称号。

她矢志不移，先摘去项链，
那晃动蹭掉檀香膏的珠串，
又系上红若朝阳的树皮衣，
丰乳撑开衣服的贴合严密。(8)

发髻盘起，犹如秀发妆毕，
她的脸蛋儿依旧可爱甜蜜，
莲花不仅因有蜂群而耀眼，
粘上青苔，仍然光彩亮丽。(9)

为苦行系上三股蒙阇草带，
弄得她时刻感到汗毛竖立，
第一次佩戴着这样的物件，
磨得她腰带部位泛起红艳。(10)

她的手不再描画红色消退的嘴唇，
不再玩耍被胸上香膏染红的皮球，
她让纤手与念珠串厮磨结为好友，
因为采摘拘舍草嫩芽而刺破指头。(11)

从前在华贵床榻上辗转反侧，
连发间落花都让她备受折磨，
如今她在露天的空地上安坐，

就寝时将蔓藤似的手臂枕卧。（12）

她恪守誓言，将二美分置两处，
似寄存会再次收回的抵押物：
优美的姿态交付给纤细藤蔓，
顾盼流转的目光交付给雌鹿。（13）

将水流从乳房似的水罐倒出，
她亲自抚育树苗，不知疲倦，
即便是爱子古诃也不能消除
她对这些头生子的舐犊情笃。①（14）

享用她手捧着送来的林中野谷，
雌鹿受到爱抚，对她如此信赖，
她曾满怀好奇，当着女友的面，
用它们的鹿眸比量自己的双眼。（15）

沐浴净身，将祭品投入祭火，
她身穿树皮上衣，念诵吠陀。
仙人们想要见她，纷纷赶来，
对正法成熟者不论岁数大小。（16）

---

① "古诃"（guha）是鸠摩罗的另一个称号。这里是说波哩婆提把树苗当
儿子般珍爱。

这座苦行林也变得一派圣洁，
相互争斗的野兽们捐弃前嫌，
树木以令人垂涎的果实待客，
祭火在新盖的茅屋当中点燃。（17）

一想到过去那般修习苦行，
都不能获得她渴望的结果，
她就不顾自身的瘦弱伶仃，
开始修习更加严酷的苦行。（18）

即使戏球也会陷入疲惫，
她却投身于牟尼的修习。
她的身体定是金莲造就，
本质柔弱却又蕴蓄精力。（19）

夏天里细腰女笑容明亮，
坐在四堆熊熊祭火中间，
她克服刺目的灼灼日光，
目不转睛地凝视着太阳。①（20）

遭受阳光这般猛烈的炙烤，

---

① 修习苦行者在夏季要经受五火炙烤，五火指置于身体四面的四火和骄
  阳之火。

她的容颜闪现莲花的美好，

唯独脸上那对修长的眼角，

乌黑焦痕渐渐把它们环绕。（21）

只有不求而至的天然水，

与满含甘露的月之光辉，

成为她开斋进食的方式，

与树木的生存别无二致。① （22）

天上的日焰和地上的薪火，

各种火焰将她剧烈地烤灼。

夏末②的头场新雨从天浇灌，

她与大地释放出冲天的热。（23）

第一批雨滴在睫毛上停留片刻，

击打下唇，射中乳峰，溅成碎沫，

沿着她的腰部褶皱处摇摇晃晃，

过了很久才缓缓地流入肚脐窝。（24）

---

① “不求而至的天然水”指露水、雨水等，餐风饮露是苦行者的修习方式。
　此外，在印度神话中，甘露常常指苏摩酒，而苏摩又与月亮密切相关，
　“苏摩”后来成为月神的另一个称谓，故而诗中说月光饱含甘露，能滋
　养植物。
② 印度的季节一般分为夏季、雨季、秋季、霜季、寒季和春季六季，夏季之
　后即雨季。

70

夜晚张开闪电的眼睛，
看到她冒着苦雨凄风，
倚石而卧，无处安身，
犹如见证她的大苦行。①（25）

风卷暴雪的仲冬夜晚，
她专注地立于水里边，
眼前一对分离的轮鸟，
彼此哀呼，惹她生怜。②（26）

脸蛋儿散发莲花的香甜，
因花瓣下唇颤抖而娇艳，
夜晚的莲丛遭阵雪摧残，
她仿佛修复了满池菡萏。（27）

靠吃自飘自落的树叶为生，
正是修习苦行的至高极境，
她言辞动听，连这也弃摒，
博古者便以"阿波罗娜"③相称。（28）

———————

① 修习苦行者在雨季要露天而宿。
② 修习苦行者在冬季要浸入水中。
③ "阿波罗娜"是"aparṇā"一词的音译，其字面义为"不食树叶的女子"，
　后用来指称波哩婆提。

她日夜不停修习各种苦行，
使藕丝般娇柔的身躯疲倦，
却把苦行者们凭坚硬体魄
修炼的苦行远远甩在后面。（29）

后来，有位苦行者走进苦行林，
他手持波罗奢木杖，身披鹿皮，
言辞雄辩，仿佛闪耀梵的光辉，
像有形的人生第一阶段梵行期①。（30）

好客的波哩婆提前去相迎，
心存尊崇，对他礼拜恭敬。
即使平等，但对优秀人士，
心思专注者仍会满怀敬重。（31）

接受她合乎仪轨的款待，
他似乎瞬间消除了疲劳，
用直率的目光注视乌玛，
他不失礼节地开始说道：（32）

---

① 婆罗门教规定人生需遵循四个阶段，即梵行期、家居期、林居期和遁世期。

"祭祀用的柴薪和拘舍草易得吗？
水儿是否适合你用来净身沐浴？
你能否凭一己之力把苦行修习？
履行正法的首要工具就是身体。（33）

"你浇水滋养的蔓藤嫩芽，
它们是否依旧生机勃发？
能否与你久褪红胭脂的
鲜艳朱唇一起互争高下？（34）

"你的内心是否对鹿儿们满含宠爱？
它们取食你手中达薄草皆因信赖。
莲花眼的佳人啊，它们眼波流盼，
仿佛在炫耀与你的美目同样妙曼。（35）

"人们常说'美貌不会通向罪行'。
山的女儿啊，这话一点儿不错，
容貌高贵者啊，因为你的品性
即使对苦行者来说也堪称楷模。①（36）

"从天而降的恒河水闪耀着

———————

① 此节暗含的意思是：有福德方会有美貌，因此貌美者不可能犯罪。

73

七仙人播撒的供品的光辉，①
却不及你纯洁无瑕的行为，
能这般净化此山及其族辈。（37）

"因此，俏佳人啊，正法如今
对我特别重要，是三要②精华，
因为你的心思不专注于利欲，
唯一接受并遵奉的就是正法。（38）

"我接受你亲赐的特殊礼遇，
你就不应该把我视同陌路，
身段婀娜的美女，智者云：
君子之交产生于同行七步。③（39）

"因此，以苦行为财富的人儿啊，
我因再生族④的天性而好奇冲动，

---

① "prahāsin"兼有"微笑"和"闪光"的意思，这里一语双关，将鲜花等供
  品闪耀的光辉比喻成恒河洁白的微笑。
② "人生三要"（trivarga）是"法"（dharma）、"利"（artha）、"欲"（kāma），它
  们和"解脱"（mokṣa）一起构成了印度传统中所谓的四大"人生目的"
  （puruṣārtha）。
③ "sāptapadīna"字面义既指"七步"，也指"七词"，引申义为"友谊"，也就
  是说，君子之交产生于同行七步或交谈七词。而"七步"在印度文化中
  还有特殊意义，它不仅指"七步之谊"，还是婚礼仪式的一部分，新郎新
  娘围绕圣火一起走七步，方可结为夫妇。
④ 再生族包括婆罗门、刹帝利和吠舍，而这里特指婆罗门。

渴望向宽宏的您询问一件事情，

如果不是秘密，请您现在回应。（40）

"出生于最初的创造主梵天的家族①，

青春妙龄，身上似显现三界之美，

有钱有势的幸福不需要刻意求得，

你说，除此外苦行之果还有什么？（41）

"细腰女啊，思想高洁的女子

因为难忍的不幸才这般行事，

内心沿着思考之路努力求索，

也不见你身上出现这种灾祸。（42）

"你的仪容不应该被忧愁压垮，

在父母家怎会遭受渎犯侮狎？

生人也不敢触摸你，美眉啊，

谁能将蛇冠宝石尖伸手摘下？（43）

"为何你正值青春年少却卸去红妆，

穿上了展现老年魅力的树皮衣裳？

请你来说一说，当美丽夜色初降，

---

① 根据印度神话，喜马拉雅山由梵天创造。

星月齐辉之夜是否适合迎来天亮？（44）

"如果你追求天国，那么苦行也无益，
因为你父亲的疆域就是天神的土地，
如果你追求夫婿，那么也勿须修习，
因为珍宝不主动寻主，自有人来觅。（45）

"你温热的叹息泄露了秘密，
而我的内心依旧陷入怀疑，
我看不出有谁值得你追寻，
怎么会有你求而不得之人？（46）

"你喜欢的小伙儿真是硬心肠，
竟漠视你的发髻棕黄似稻芒，
蓬乱地披散在两侧面颊之上，
那里的莲花耳饰久已空荡荡。（47）

"你奉行牟尼的誓愿而过度瘦弱，
该佩戴装饰的部位遭太阳烤灼，
你像白昼的一弯月牙失去光彩，
有知觉者谁见了内心不受折磨？（48）

"我知道你倾心爱慕的人儿

自负俊俏,因而鬼迷心窍。
你虽睫毛弯弯,媚眼频传,
他却久久不在你眼前露面。(49)

"高利女神,你还要辛苦劳累多久?
我在人生第一阶段也有苦行积聚,
请用它的一半赢得你渴慕的快婿,
我真想好好地认识你的心中所许。"(50)

这再生族参透她心中秘密,
她听完后却羞于道出心意,
于是转过未涂眼膏的眼睛,
望向站在身边的闺友知己。(51)

她的女友对这苦行者说道:
"贤士,你若好奇,请听我言,
她为谁把身体当苦行工具,
正像有人把莲花当遮阳伞。(52)

"这高傲的女子鄙弃尊贵非凡、
以因陀罗为首的四方守护神,
一心求得手持三叉戟的夫君,
他摧毁爱神,不向美色称臣。(53)

"过去,爱神的箭矢未中湿婆,
却被难以忍受的'唵'声反射,
回头深深地刺伤了她的心窝,
尽管爱神形体已遭毁灭之祸。(54)

"自此后,少女饱受情火折磨,
清凉的檀香志①染白纤纤秀发,
父亲家中的石板上雪花遍落,
即使躺上去她也从未得安乐。(55)

"每当唱起赞美湿婆功绩的颂歌,
她便泪涌喉头,唱词哽咽失落,
多次使陪她在林中吟唱的女友、
紧那罗的公主们纷纷哀叹悲啜。(56)

"当夜晚只剩下三分之一,
她闭目片刻又猛然惊醒,
双臂环绕不存在的脖子,
空呼道:'青颈你去哪里?'(57)

"这傻姑娘亲手描绘湿婆,

---

① "檀香志"是以檀香涂抹在前额的吉祥志。

又对着画像悄悄地抱怨：
'既然智者说你无处不在，
为何你不知我陷入爱恋？'（58）

"当苦寻也找不到其他途径
赢得这位世界之主的倾心，
于是她便求得父亲的应允，
和我们来到这苦行林修行。（59）

"亲手栽种的树木见证苦行，
这女友目睹它们结出果实，
然而她寄托在湿婆身上的
心愿却不见有发芽的踪迹。（60）

"我不清楚那位求而不得的神祇
何时才会眷顾这一位好友闺蜜，
我们曾含泪目睹她苦修而消瘦，
像不知雄牛何时施泽干旱耕地。"①（61）

她深知好友心事，吐露乌玛真情，

_____

① "雄牛"（vṛṣan）是因陀罗的一个称号，他是众神之王，也是雷雨之神。
最后一句的完整意思是：不知雄牛何时施恩给因他不降雨而干旱的
耕地。

这终生梵行的美男子听她这样讲，
没有露出喜悦之色，向乌玛问道：
"哎呀，这是实情，抑或只是玩笑？"（62）

于是，山的女儿将水晶念珠串
置于掌端，手指拢成花蕾一般，
她在心中久久斟酌要说的语言，
迟疑半晌勉强开口，言辞简练：（63）

"通晓吠陀者中的佼佼者啊，
如你所闻，鄙人欲登高位，
据说这苦行是达到的途径，
没有愿望触及不到的事情。"（64）

然后，梵行者说："大自在天
举世闻名，而你却求做丈夫，
一想到他爱好种种不吉之物，
我就不能认同你的这种思慕。（65）

"一心痴恋废物的女郎啊，
湿婆之手以盘蛇为腕环，
你这纤手佩戴结婚圣线，
如何承受它第一次牵挽？（66）

"你自己可曾好好想过，
这两样是否值得结合：
标有天鹅的新娘丝衣，
和血滴淋漓的大象皮?①（67）

"纵使仇敌，谁又会同意，
你踏遍柱厅花簇的双脚，
却要在落满遗发的墓地，
留下印着红颜料的足迹。②（68）

"火葬堆余烬易落三眼③胸膛，
将会沾在你这对乳房之上，
那里惯常涂抹着黄膏檀香，
你说，有啥比这更不适当?（69）

"还有别的笑柄等你面对：
众人见你理应乘坐象王，
婚后却骑在老牛的身上，
嘲笑会爬上他们的面庞。④（70）

---

① 湿婆曾杀死象魔，并剥了它的皮穿在身上。
② 湿婆在火葬场，也即墓地里栖身。
③ "三眼"（trinetra）是湿婆的一个称号。
④ 公牛是湿婆的坐骑。

"只因生出与湿婆结合的愿望，

如今两者皆陷入可悲的境况：

一是月亮那皎洁生辉的月分，

一是你这令世人悦目的月光。①（71）

"身上眼睛畸形，来历也不明，

财富由他身着天衣②便可猜详，

在丈夫那里孜孜以求的一切，

鹿眼女啊，三眼神可有一样？（72）

"赶快从这不良的愿望上收回心意！

他这种人在哪里？具有吉相的你

又在哪里？贤士不希望墓地尖杵

也配用上适合祭祀柱的吠陀祭仪。"③（73）

再生族这样口出悖逆之言，

波哩婆提的蔓藤眉毛紧锁，

眼角泛红，对他投去斜睨，

颤抖的下唇泄露她的怒火。（74）

———————————————

① 湿婆头戴新月，因此诗中的月分代指湿婆；而美女一般会被比作赏心
 悦目的月光，因此月光代指波哩婆提。

② "身着天衣"（digambaratva）也就是以天地为衣，即裸体。

③ 墓地尖杵用于刺死罪犯，被视为不洁，而祭柱则无比圣洁，此节用这二
 者比喻湿婆和波哩婆提，极言二人有天壤之别。

然后反驳道:"你对我这么说,
显然因为没有真正了解诃罗。
灵魂伟大者的行为不同凡俗,
动因不可思议,故遭愚夫憎恶。(75)

"吉物激发贪念,破坏自我活动,
只有渴求富贵者和一心消灾者
才对它汲汲营营,他无欲无求,
是世界的救星,要吉物有何用?(76)

"他一无所有,乃财富之源,
是三界之主,在墓地游荡,
形貌恐怖,却被称作'湿婆',
无人知持三叉戟者的本相。①(77)

"他以万物为形体②,形貌捉摸不定,
或佩挂宝饰而闪耀,或身缠腊蛇,
或穿着精美的丝绸,或腰围象皮,
或以月牙作为顶饰,或头戴骷髅。(78)

---

① "śiva"一词既指湿婆("śiva"的音译)神,也有"仁慈的、友善的"等意思,与湿婆的恐怖形貌似乎存在矛盾,结合其他相互冲突的特点,故而诗中说没人知道湿婆的本相。

② 参见 1.57 脚注。

"与他的身体获得接触之后，
火葬堆余烬一定会变圣洁，
因此随他展现舞姿而散落，
又被天国居民俯首时粘走。①（79）

"他身无分文，骑着一头公牛游走，
因陀罗乘坐颞颥开裂的方位神象
前来相迎，顶礼敬拜了他的双足，
令他脚趾被盛开的天花花粉染红。②（80）

"尽管你灵魂堕落，欲对他横加指责，
但是对湿婆，有一件事你说得没错：
人们甚至说他是自生者梵天的父亲，
他的出身又怎会让世人一眼就识破？（81）

"勿须争论，你怎样闻听，
那他就全然是怎样的吧！
我心系于他，满怀爱情，
随心而为者不在乎诟病。（82）

---

① 湿婆是著名的舞王，其舞蹈象征宇宙的永恒运动。
② "天花"对应的原词是"mandāra"，后者可音译为"曼陀罗花"，是一种
开在天国的圣花。

"闺友啊，快点阻止这个小子，
他嘴唇翕动，想再说点什么，
不仅是恶言辱骂伟人的家伙，
就连听到的人也会沾染罪恶。"（83）

"或许我还是离开这里吧！"少女
说走就走，树皮衣从胸前脱落，
以公牛为旗徽的湿婆恢复原形，
一把将她抓住，脸上笑意盈盈。（84）

看见他，山王之女纤体汗湿，
颤抖不止，她抬起玉足要走，
却似河道遇山而壅塞的川流，
那真是既留不下，也走不了。（85）

头戴新月的湿婆说："身段婀娜的佳人啊，
从此以后，我就是你用苦行买来的仆隶。"
听闻这话，她立刻抛却苦修产生的倦意，
因为有圆满结果，疲累会再生新的活力。（86）

第六章

于是，高利女神悄悄
托女友向湿婆传话说：
"山王是我的赐婚者，
让他的权威获得认可。"(1)

乌玛委托女友传递口信，
对爱人忠贞，光彩照人，
像芒果枝透过杜鹃发声，
安心等候着春天的来临。① (2)

湿婆这爱神的惩罚者
应允道："那就这么办。"
他先勉强放开了乌玛，

---

① 杜鹃是报春的使者，此节是说乌玛期盼婚礼如同芒果枝等待春天。

然后忆念光辉的七仙。①（3）

七仙人以苦行为财富，
光环闪耀，照亮天幕，
他们与阿容达提相伴，
立刻现身在主人面前。②（4）

他们曾在天国恒河里沐浴，
岸边曼陀罗树的簇簇鲜花
纷纷扬扬，在水波中漂散，
方位象的津涎染香了河川。（5）

他们身穿黄金树皮衣，
佩戴珍珠串成的圣线，
手持宝石做的念珠串，
像守戒云游的如意树。③（6）

太阳一边仰视他们，

---

① 这里指湿婆凭忆念召唤七仙人。
② 阿容达提（ārundhatī）是七仙人之一极裕仙人的妻子，她与极裕形影不离，是印度神话中夫妻比翼的典范。因此在婚礼上，新郎通常会召唤阿容达提，表达对婚姻美满的希望。
③ 如意树可根据人的愿望长出各种珍宝，因此这里将佩戴珍宝的仙人比喻成云游的如意树。

一边亲自鞠躬致敬，

策马匍匐在其脚下，

倾倒旗帜以示谦恭。（7）

当劫末世界毁灭的灾难降临，

他们在大野猪的獠牙上休憩。

大地用蔓藤手臂紧抓住獠牙，

和他们一道从洪水中被托起。①（8）

因为他们曾紧随梵天，

完成剩下的创世工作，

博古之人便大加赞誉，

称他们为"太初创造者"。②（9）

尽管他们前世修习的

纯洁苦行如今已成熟，

累累果实被他们享用，

但他们仍然勤修苦行。（10）

---

① 传说恶魔金眼将大地拖入海底，毗湿奴化身野猪潜入海底，杀死恶魔，
用獠牙将大地托出水面。
② 根据《摩奴法论》第一章的说法，梵天先创造了十位大仙，十大仙再创
造出包括七摩奴、众天神在内的世界。

阿容达提站在他们中间，
目光紧盯住丈夫的双脚，
她忠贞不渝，辉耀绝伦，
像他们苦行成就的化身。（11）

湿婆对她和众位牟尼
一视同仁，同样尊重。
因为贤士只推崇品行，
不考虑是男性或女性。（12）

湿婆因为见到了她，
生出更强娶妻意愿，
若要举办各种法事，
贤妻确为根本手段。①（13）

当正法驱使湿婆大神
向波哩婆提迈步靠近，
仍然惧怕过去罪行的
爱神也总算得以放心。（14）

对于一切吠陀和吠陀支，

———————

① 进入人生第二阶段，即家居期后，家主必须首先娶妻成家，然后再从事
各种祭祀活动。

所有这些牟尼无不通晓，
他们因喜悦而汗毛竖立，
礼敬完世界之父后说道：（15）

"我们曾正确学习吠陀，
依礼将祭品投入祭火，
同时还勤修苦行,如今,
这些为我们结出成果。（16）

"因此,你这世界主宰
才会将我们擢升成为
自己心中忆念的对象，
这已超出我们的愿望。（17）

"倘若你存在谁的心中，
谁便在有福者中称雄，
而你乃是吠陀的来源，
更何况是你心中所念？（18）

"的确,我们所处之位
比起太阳月亮更高贵；
可如今却远高过它俩，
皆因被你念及施恩惠。（19）

"因你这般礼贤下士,

我们无比尊重自己,

通常至高者的敬意,

让人相信自身美德。(20)

"眼睛多样①的湿婆大神啊,

之所以要向你历历诉说

你的忆念给我们的快乐,

因你是有形生物的魂魄。(21)

"我们虽然见你显身,

却没有真正了解你,

请开恩阐明你自己,

因你超出智慧所及。(22)

"眼前这是你的哪个分身?

你是凭它创造可见世界?

还是凭它维持可见世界?

抑或是由它来毁灭一切?②(23)

---

① 湿婆的眼睛有太阳、月亮、火等多种形状。

② "哪个分身"指梵天、毗湿奴、湿婆三者之一,迦梨陀娑将这三大神视为梵的三种分身,另参见 7.44 脚注。

"天神啊,或者就将这个
高渺的请求搁置在一边,
一被你念及我们就出现,
请吩咐我们要如何去干。"(24)

于是至高神灵开口回答,
牙齿闪耀着洁白的光芒,
映得顶冠上那一弯月牙
纤弱的辉光变得更明亮。(25)

"正如你们知道的那样,
我任何活动皆不为己,
而能够如此这般示人,
我正是凭借八种形体。(26)

"遭到敌人挫败的天神,
恳请这样的①我生子嗣,
像焦渴难耐的饮雨鸟,
乞求雷雨云赶快下雨。(27)

"因此,为了生子,

---

① 根据摩利那特的注释,"这样的"就是指上文所说湿婆利他而不利己的
活动。

我欲娶波哩婆提，
正如为生起祭火，
祭祀者欲得钻木。（28）

"你们须求喜马拉雅山，
将波哩婆提许配给我，
因为贤士结成的姻亲，
不会招致不好的结果。（29）

"须知与他结成姻亲，
我也并未吃亏上当，
他肩负大地的重担，
巍然屹立，高高在上。（30）

"怎样请求他嫁出女儿，
不必向你们一一说明，
因为贤德之士教诲说：
各种习俗由你们规定。（31）

"就连尊贵的阿容达提，
也请参与到婚事当中，
通常对于这一类事情，
妇女们都能应对从容。（32）

"因此,请你们为了事成,
亲赴雪山的都城药草原,
到摩诃俱湿河的瀑布处,
我们将在那里再次会面。"(33)

当这位最初的苦行者
蠢蠢欲动,期盼娶妻,
生主的后裔众位牟尼
纷纷抛弃成婚的愧意。(34)

这群牟尼口称"好啊!",
说完之后启程出发。
尊者湿婆也已抵达
当初约定好的地点。(35)

于是这些至高的仙人
飞入黑似铁剑的天空,
他们的速度快如思想,
抵达药草原这座都城。(36)

此处像迁移来阿罗迦①,

---

① "阿罗迦"(alakā)是财神俱毗罗的都城,以富有著称。

那座财富云集的宝库，
又似吸引涌出天国的
过剩人口来这里居住。(37)

恒河水环绕化作城濠，
岸间散布闪光的药草，
巨大的宝石壁立成墙，
防御构筑也这般妖娆。(38)

这里的大象不畏惧雄狮，
这里的骏马与高耳同种，
药叉和紧那罗皆为市民，
城中的妇女是森林女神。(39)

这里的房顶乌云缭绕，
回荡的雷鸣淹没鼓声，
借助人们的击节应和，
才将鼓点声依稀辨清。(40)

如意树枝头丝衣招展，
不费市民的吹灰之力，
就呈现出屋宇的旗杆
挂着许多旌幡的美丽。(41)

95

这里的夜晚群星闪亮，

照在水晶宫的宴席上，

倒映出来的点点星光，

俨然化成敬献的供品。①（42）

遇到乌云密布的夜晚，

药草的光辉照亮路面，

前去赴约的多情女子，

未察觉夜色漆黑一片。（43）

这里的居民青春永驻，

爱神之外别无毁灭者。

行乐的疲倦生出睡意，

如此才令人失去意识。②（44）

嘴唇颤抖，眉头紧蹙，

可爱的手指威胁吓唬，

遇到女子们这样发怒，

情人求饶直到获宽恕。（45）

---

① 根据摩利那特的注释，这里的供品原指鲜花、珍珠等。

② 此节是说，因为药草原的居民皆为天神，所以他们能永葆青春，只为爱
情痛苦。

鸠摩罗出世

这里城市郊外的林园
是芬芳四溢的香醉山，
持明的旅者到了那儿
在劫波树绿荫下入眠。①（46）

如今，这些神圣的牟尼
见到喜马拉雅山的都邑，
觉得为入天国积德行善
似乎是一场哄人的骗局。（47）

守门人抬头注视众仙
疾速降入雪山的宫殿，
他们的髻发纹丝不动，
如同画中描绘的火焰。②（48）

这一列牟尼降自云天，
依照顺序长者站在前，
他们光彩熠熠，好像
一排太阳倒映水里边。③（49）

———————

① "劫波树"（saṃtānaka）是天国五种神树之一。
② 仙人的髻发呈棕红色，好像火焰，说它们纹丝不动乃极言仙人的速度
之快。
③ "水中太阳"的比喻暗指仙人们虽然光彩熠熠，却不刺眼。

山王的步伐沉重有力，
踩踏之间压弯了大地，
他携带厚礼远道迎迓
这些尊贵的来宾仙家。（50）

红矿石是他鲜艳的嘴唇，
擎天松是他粗壮的臂膀，
岩石天然化为他的胸膛，
这位显然就是雪山之王。（51）

这些仙人行为纯洁，
依照礼仪受到敬奉，
他亲自为他们指路，
引领他们进入后宫。（52）

威力无边的仙人，
已在藤椅上坐好。
山王也就座之后，
便双手合十说道：（53）

"你们来得出人意料，
见到你们对我好比
未见花开便先结果，

未见云起雨先降落。（54）

"承蒙你们惠临，我觉得
自己仿佛由愚痴变觉醒，
由生铁打造变黄金铸成，
从地界一跃登上了天庭。（55）

"众生应当从今日起，
来我这里寻求净化，
因为尊者到访之处
皆被世人称作'圣地'。（56）

"再生族中的至尊者啊！
我自知只受两者净化：
一是头顶的恒河瀑流，
还有你们的濯足之水。①（57）

"就连我双重形态的身体，
也自认为分别受到惠及：
活动之身承蒙你们役使，

---

① 传说恒河从毗湿奴的脚下涌出，涤净所有罪恶；而湿婆曾站在喜马拉雅山上以头发承接恒河女神下凡。此外，为来客献上濯足水是印度传统的待客礼仪，这里是盛赞仙人们的地位堪比毗湿奴和湿婆。

不动之躯印有你们足迹。①（58）

"尽管我这庞大的身躯
绵延四方、纵横千里，
却装不下因受你垂青
而滋生出的满腔欢喜。（59）

"你们闪耀着光辉出现，
不仅驱散洞中的黑暗，
也扫除我内心的暗性，
相比忧性，它埋得更深。②（60）

"我看不出你们有何贵干，
纵有事自己怎会办不完？
我相信，你们光临我家，
只是为了让我获得净化。（61）

"即便如此，无论何事，
都请你们尽管吩咐我，

---

① 这里所说的是对尊者或长者的客套话,意为"听你差遣是我的荣幸,蒙你来访也是我的荣幸"。
② 参见2.4脚注。三性中,善性产生智慧,执着快乐;忧性产生贪欲,执着行动;暗性产生放逸、愚昧和无知,执着骄慢放纵。

因为仆人侍奉主人时，
会将差遣也视为恩泽。（62）

"这里有我、我的众妻子，
还有家族命根这个爱女，
请说你们需要谁来效力。
而身外之物则不值一提。"（63）

喜马拉雅山这样说完，
仿佛又透过洞口那边
传出的一阵滚滚回音，
将相同意思再说一遍。（64）

于是，众仙人催促
他们中最擅辞令的
莺耆罗①仙开口说话，
他对雪山这般回答：（65）

"你方才说的一切都
与你相宜，甚至更胜，
你的思想无比崇高，

---

① 莺耆罗（aṅgiras）是七仙人之一，也是梵天的"心生子"，还是《梨俱吠陀》颂诗的主要作者之一。

就像你的峰峦高耸。(66)

"身体纹丝不动的你，
人们称之为'毗湿奴'①，
这话在理，因你腹部
支撑动与不动的万物。(67)

"倘若没有你从地下
根基处的稳固支持，
靠嫩若莲藕的蛇冠，
蛇王如何撑起大地？(68)

"你的河流和旷世美名，
绵延不绝，无垢纯清，
入海破浪，无可阻挡，
因其圣洁将世界涤净。(69)

"正如恒河受到世人称颂，
因为源自毗湿奴的双足，
而你这峰头高耸的第二

---

① "毗湿奴"(viṣṇu)一词从词源学角度来看，有"遍及（一切）"的意思，后来用于特指毗湿奴大神。

102

源头也会令她被人歌咏。①（70）

"当诃利准备迈出三步，
庞大身躯便充塞四方，
向上又向下横贯寰宇，
而你的本性就是这样。②（71）

"你位列天神之中，
能分享祭品供奉，
使弥卢山黄金的
高峰也徒然落空。③（72）

"你将世上的一切坚硬
都浇铸到不动之身中，
而你这具活动之躯却
敬奉贤士，虔诚鞠躬。（73）

---

① 参见 6.57 脚注。
② "诃利"(hari)是毗湿奴的一个称号。魔王伯利曾夺得三界的统治权，
毗湿奴化身侏儒向魔王乞求三步之地，魔王答应后毗湿奴身体立即变
大，迈出两步就跨越了天国和大地，只将地下世界留给了魔王。此节
是说，毗湿奴只有在准备迈步时才变庞大，纵横四方，而喜马拉雅山天
然就如此。
③ 此节是说，弥卢山虽然比喜马拉雅山有两点优势：一是黄金山峰，二
是更加巍峨，但它却不是天神，不能分享祭品。

"故请听我等此行使命，

这也是你该办的家事。

而为福禧之事提建议，

我们也参与分享喜气。（74）

"这位神头戴月牙半弯，

崇高名号是'自在天'，

拥有'极微'等等特质，

这对别人皆高不可攀。①（75）

"这位神凭借能量相互

作用的'地'等八种形体，

稳固维持显现的世界，

像马儿驾驭车辆上路。②（76）

"这位神住在人体内，

瑜伽行者苦苦寻他，

智者说他落脚之处

会免受轮回的恐惧。③（77）

---

① 拥有能变成极微的超自然力是苦行者或瑜伽行者取得的种种成就之一，参见《瑜伽经》第三章。

② "地"是湿婆的八种形体之一。根据迦莱的解释，湿婆的八种形体通过相互作用而向彼此传递能量，从而维持世界有序地运行和稳定。

③ 该诗是说湿婆遍及众生，瑜伽行者靠沉思与他合一，进而摆脱轮回。

"这样的湿婆亲眼见证
世上业行，布惠施恩，
如今通过我们来提亲，
求娶你的好女儿进门。（78）

"你应撮合他和爱女，
就如同结合音与义，
因为父亲不应惋惜
把女儿嫁给好夫婿。（79）

"愿这动与不动的一切
万物都将她视为母亲，
因为她所嫁的湿婆神，
乃是世界万物的父亲。（80）

"愿众天神向青颈湿婆
敬拜行礼，然后凭着
顶冠宝珠的熠熠辉光
也将她双足映得红亮。（81）

"乌玛是新娘，湿婆为新郎，
我们这些人是求亲的大媒，
你是赐婚者，这样的方式

足可以提升你家族的地位。（82）

"通过结成女儿这一桩婚姻，
你就成为世界之父的父亲，
不赞美别人却受世人礼赞，
不崇敬别人却受世人推尊。"（83）

当神圣的仙人这样相劝，
波哩婆提站在父亲身边，
她低垂着蛾首随侍在侧，
细数手中把玩的莲花瓣。（84）

尽管雪山是得偿所愿，
却抬头察看美纳的脸，
通常涉及女儿的事件，
妻子就是家主的慧眼。（85）

美纳也同意这一切，
丈夫正是如此期盼。
对夫婿忠诚的贤妻，
不违逆丈夫的意愿。（86）

他掂量过后心下暗忖：

"如此回答才恰如其分。"
于是在仙人说完之际，
拉住装扮吉庆的闺女：(87)

"孩子，过来！你已被
当作送给湿婆的施舍，
这些牟尼便是求亲者，
家主的果实我已获得。"①(88)

这样对女儿说完，
雪山又对众仙说：
"三眼神新娘在此
向诸位鞠躬敬礼。"(89)

称赞雪山的言辞高尚，
处处皆遂他们的愿望，
然后他们又恭贺乌玛，
献上即将成真的祝福。(90)

_____

① 梵行者靠行乞为生，因为湿婆之前曾扮作婆罗门梵行者接近乌玛，所以山王在这里将乌玛比作施舍。此外，梵语"kanyādāna"（意为"嫁女儿"）一词中的"dāna"既有"给予"的意思，也有"施舍"的意思。而诗中"家主的果实"则是指将女儿嫁与好人家，这是婆罗门结婚生子，过家居期生活的回报。

这女孩着急鞠躬敬礼，

仓促间掉落黄金耳环，

于是生出了无限羞意，

阿容达提揽她入怀里。（91）

这位阿容达提通过称赞

未曾婚配的新郎的美德，

令爱女情切而心慌意乱、

泪流满面的老母亲心安。（92）

就在这时，诃罗的姻亲

询问起婚礼的吉日良辰，

身着树皮衣的众位仙人

宣布在三天后，随即动身。（93）

告别了喜马拉雅山，

他们重返湿婆身边，

禀报他目标已实现。

被他遣回，飞升上天。（94）

连兽主①都欲同雪山之女结合，

---

① "兽主"（paśupati）是湿婆的一个称号。

将这些时日何其艰难地熬过，

这位强有力者尚被此情触动，

其他纵情之人谁能免受其惑？① （95）

---

① 迦莱认为，诗人在这里将湿婆描写成寻常痴情男子，似与 6.26 及 6.27
的内容相违，这些描写本不适合用在一位天神身上，可能是因应"大
诗"（mahākāvya）要求的权变之举。

第七章

然后，当药草之主月亮渐满，

行至迦弭多罗座^①的吉日那天，

喜马拉雅山王与众亲属一起，

将女儿婚礼的预备仪式举办。（1）

各家妇女都满怀热情，

投入筹备公主的婚庆，

全城连同山王的后宫，

俨然堪比同一个家庭。（2）

劫波树花遍撒大道上，

丝绸的旗帜排列成行，

---

① 根据印度传统占星学，"迦弥多罗座"（jāmitra）是从上升星座（即出生时东方地平线升起的星座）数起的第七个星座，属于黄道十二宫中的某个星座，主婚姻和两性关系。

城市闪耀金拱门之光，
看似天堂迁到新地方。（3）

尽管父母早已经儿女成群，
唯乌玛是他们珍爱的命根；
如同久别重逢、死而复生，
只因为她即将要结婚嫁人。（4）

她从一个怀抱转投另一个怀抱，
接连享有首饰，不断聆听祝福，
尽管亲眷们都分享过山族关爱，
如今万千宠爱都汇集到她一处。（5）

当月亮与翼宿相结合，
在密多罗的吉祥时刻，
丈夫、儿子俱全的女眷，
开始在她的身上装扮。①（6）

她装饰涂油礼时穿的衣衫，

---

① 翼宿（uttaraphalgunī）是印度古代二十八宿中的一宿。"muhūrta"古
代音译作"牟呼栗多"，这里意译作"时刻"，指一天时间的三十分之一，
约合四十八分钟。根据摩利那特的注释，"密多罗的时刻"指日出后的
第三个"时刻"，即太阳升起后一小时三十六分时。而迦莱提供的另一
说认为它是太阳白天运行时，经过房宿（anurādhā）的时刻。

绸幅不能将脐窝周围遮掩，

杜尔婆草混杂白芥衬托出

它的妍艳，再配手握之箭。①（7）

这少女在婚礼预备仪式上，

握起簇新利箭，光彩顿放。

如同在黑半月结束的时刻，

一弯月分当即被阳光照亮。（8）

罗陀罗树粉清除她身上油脂，

凝结的檀香膏涂抹她的身体，

她娇躯裹着适合沐浴的丝衣，

妇女们引领她走向四柱浴室。（9）

浴室石板上有吠琉璃镶嵌，

点缀珍珠装饰而图案斑斓。

伴随丝竹声她们为她洗浴，

用的是金罐里倒出的净水。（10）

---

① "杜尔婆草"（dūrvā）是一种圣草，乃印度教祭祀和供神的圣物，女子将
它同鲜花一起佩戴，以示吉祥。此外，当高种姓男子迎娶种姓相对较
低的女子时，该女子须手中握箭，而不能直接握住丈夫的手，参见《摩
奴法论》3.44。

她在吉祥的沐浴后净化身体，
穿上适宜迎新郎的洁白嫁衣，
浑身光彩照人，像经过雨水
浇灌而盛开着迦舍花的大地。（11）

忠贞的妇女搂着她从此处
引领到圣线礼祭坛的中间，
那里已经布置好一席座位，
四根摩尼宝柱搭起了帷幔。（12）

让这苗条女郎面朝东坐好，
众位妇女就坐在她的面前，
眼睛被她的天生丽质吸引，
饰品在手边却有片刻迟延。（13）

她的一头秀发插戴着朵朵鲜花，
发间的潮湿被熏香的热气除去，
有一位妇人用点缀杜尔婆草的
摩杜迦花环将它绾成秀美发髻。（14）

她们在她身上涂抹白沉香膏，
用牛黄作颜料描画彩绘线条，
她亭亭玉立，显得妩媚婀娜，

胜过沙滩上散布轮鸟的恒河。(15)

胜过有蜜蜂驻足的莲花
和掩映丝缕云彩的圆月，
在妆扮好的青丝衬托下，
她的娇容断然无可比拟。(16)

因涂抹罗陀罗树粉而粗糙，
因绘满牛黄而金灿灿一片，
耳上麦芽有她这面颊映衬，
格外耀眼，俘获人的视线。(17)

这位四肢匀称的美女的下唇
因轻擦蜂蜡而更红，当中分线，
美丽结出的果实①就近在唇边，
它的颤抖孕育难名状的娇艳。(18)

一位女友为她的双足染色，
然后献上祝福，戏谑逗趣：
"愿你用它触夫婿头上弯月！"
她以花环相击，含娇不语。(19)

---

① "美丽结出的果实"指接吻等因美丽而产生的结果。

114

侍女们看到她眼儿娇婉，
像高贵秀丽的青莲花瓣，
给她涂黑眼膏只求吉利，
并不是为明眸增添辉艳。（20）

她佩戴装饰，光彩焕然，
仿佛鲜花初绽的藤蔓，
又如群星升起的夜晚，
还似轮鸟栖息的河川。（21）

见团镜中的自己楚楚动人，
她天生的大眼也注目凝望，
渴盼诃罗到来，因爱人的
目光是对女子华服的报偿。（22）

母亲美纳用两根手指蘸取
吉祥而湿润的雄黄与雌黄，
然后抬起了她的俏丽脸庞，
那儿有光洁耳饰挂在耳上。（23）

美纳好不容易，终于为爱女
涂抹好婚礼上要点的吉祥志，

那象征了她最初怀抱的愿望,[①]

并随乌玛胸脯的发育而滋长。(24)

她的双眼中饱含热泪,

将应系在新娘手上的

羊毛婚线系得错了位,

保姆用手指将它拨回。(25)

乌玛身着簇新的丝绸衣衫,

手持初铸的明镜,光彩冉冉,

好似白沫漫涌的乳海海岸,

又像圆月当头的秋季夜晚。(26)

母亲美纳擅长规矩礼仪,

让她这家族的支柱根基

先向敬奉的家族神鞠躬,

再向贞妇依次行触脚礼。(27)

她们对躬身行礼的乌玛说道:

"愿你获得夫君忠贞的爱慕!"

而她得以分享他的一半身体,

---

① 美纳最初的愿望指希望乌玛与湿婆成亲,见 1.50。

116

已经远胜过亲朋好友的祝福。(28)

雪山通达谙练完成她那些事宜，
正配他心中的热望和雄厚财力。
他安坐在亲朋云集的议事大厅，
等候湿婆到来，显得彬彬有礼。(29)

同时在财神俱毗罗的峰峦，
众位虔敬的神母也将饰品
放在三城之敌湿婆的面前，
配得上他盛况空前的婚典。①(30)

自在天出于对她们的敬重，
仅仅摸了下这堆吉祥饰物，
而这湿婆大神自身的穿戴
陡然化作新郎所需的装束：(31)

灰烬变成白香膏涂抹在身，
骷髅闪现光洁顶冠的动人，

---

① "财神俱毗罗的峰峦"指盖拉瑟山(kailāsa)，那里是湿婆大神和财神俱
毗罗的住地。"神母"(mātṛ)指以婆罗弥(brāhmī)为首的七位神母，以
仁慈著称，侍奉湿婆或塞建陀。"三城之敌"(puraśāsana)是湿婆的一
个称号，传说湿婆曾在众神的帮助下，用一支箭摧毁了由三个恶魔建
造的金城、银城和铁城。

象皮衣化作精致的丝绸衫，
边缘上的标志用牛黄绘纹。（32）

眼睛在前额的中间闪光，
内里瞳仁炯炯泛着棕黄，
雌黄点染而成的吉祥志，
正由这一只眼睛来充当。（33）

众位蛇王按各自位置，
纷纷化作不同的装饰，
唯有身体改变了模样，
蛇冠上宝石依旧闪亮。①（34）

为何湿婆还要佩戴顶珠？
既然顶髻总有月牙装点，
纵使白天它也光辉四射，
因为纤细而显不出月斑。（35）

就这样，这奇迹的唯一源泉
靠神力创造出种种精致装扮，
近旁的侍者拿来雪亮的宝剑，

---

① 湿婆身上多处缠蛇。

他对剑将自己的倒影来察看。(36)

神牛宽阔的脊背覆盖虎皮,

出于虔诚蜷缩起庞大身量,

伏卧在地有如盖拉瑟圣山,

湿婆扶着难底登上它启程。(37)

众位神母追随这大神,

车马颠簸,耳环摇晃,

光晕如花粉映红脸庞,

她们使天空化为荷塘。①(38)

迦利女神以森森骷髅作装饰,

在她们金光灿灿的身后闪现,

如同与白鹭齐飞的一排乌云,

在前方远远地投下道道闪电。②(39)

随后侍从充作湿婆的先锋,

---

① 这里将耳环摇晃时闪烁的光晕比喻成莲花花粉,将众位神母的脸比喻
成空中浮动的一朵朵莲花。

② 湿婆的配偶既以美丽的波哩婆提(乌玛、高利女神)的形象呈现,也以可怕
的杜尔迦(durgā)或迦利(kālī)的形象呈现。与湿婆毁灭世界的形象相
对,迦利是他凶悍而嗜血的妻子,她皮肤黝黑、面目狰狞、身上缠蛇、佩
戴骷髅。这里将黝黑高大的迦利比作一排乌云,将白色骷髅比作白鹭。
雨季是白鹭繁育的季节,第一片雨云出现时,它们便一齐飞向天空。

吹奏出吉祥悦耳的丝竹声，

响彻他们天国飞车的穹顶，

昭告众神正是时机来侍奉。（40）

太阳神为湿婆撑起

陀湿多新造的华盖，

伞边白绸贴近顶髻，

看似恒河落他头顶。① （41）

恒河和亚穆那河化身人形，

手挥拂尘，侍奉这位大神，

这时纵然改变了河流模样，

看似仍有天鹅在身旁飞翔。② （42）

太初创造者和有吉祥标志的原人③

分别现身，前来参见这一位大神，

他俩高呼"胜利"，增添他的荣耀，

如同投入祭品，让祭火旺盛燃烧。（43）

---

① 陀湿多（tvaṣṭṛ）是《梨俱吠陀》神话中的能工巧匠，曾制造因陀罗神的
   金刚杵，他也是世上万物原型的发明者和制造者、生命的激励者和长
   寿的赐予者。

② 这里将挥动的拂尘比作恒河上飞行的天鹅。

③ "太初创造者"指梵天。"有吉祥标志的原人"指毗湿奴，"śrīvatsa"一
   词既有"吉祥天女的珍爱"之意（吉祥天女是毗湿奴的妻子），也指毗湿
   奴胸前的吉祥标志，译文采用后一种意思。

这唯一的形体自身分成三份，
他们之间高低先后伯仲不分，
或湿婆先于毗湿奴，或相反，
或梵天先于他们俩，或相反。① （44）

以因陀罗为首的护世天王，
衣着朴素，抛下权力象征，
在难底的示意下获赐参拜，
经难底引见向他合掌致敬。② （45）

他向梵天点头致意，与毗湿奴
略事寒暄，用微笑迎接因陀罗，
对其他天神，他仅仅透过目光，
按尊卑顺序表达他的尊敬之意。（46）

七仙人先向他欢呼胜利，
他面带微笑对他们说道：
"这婚礼的祭祀已经开始，

---

① 这里是说梵天、毗湿奴和湿婆三位一体，是同一且唯一的神，只是在创造、维持和毁灭有形世界上各司其职。这节诗体现出迦梨陀娑在宗教信仰上的浑融和变通，他并不是顽固保守的湿婆派，只是在《鸠摩罗出世》中尤其强调对湿婆神的敬拜，另参见 6.23 脚注。
② "护世天王"(lokapāla)指保护世界八方的八位天神，包括因陀罗、火神、阎摩、尼梨多、伐楼那、风神、俱毗罗和自在天。"权力象征"指华盖、拂尘等象征权力的事物。

我已选好你们担任祭司。"(47)

全善所率天国乐师技艺娴熟，

齐声歌唱他摧毁三城的壮举，

黑暗的变化并不能将他征服，

他头戴一弯月牙穿过了天路。①（48）

神牛身上的小金铃叮当作响，

驮着他越过天空，步履轩昂，

它不断晃动牛角，刺穿乌云，

看似因戏触河岸而粘上泥浆。（49）

湿婆那投向前方的目光，

犹如金线般牵引它前行，

它瞬间来到由山王守护、

不曾遭外敌入侵的都城。（50）

大神喉咙青黑似乌云缭绕，

从以自己箭为标志的天路②

---

① "全善"（viśvāvasu）是一位健达缚（gandharva）王的名字。健达缚是一类小神，掌天国伎乐。"黑暗的变化"指月亮的盈亏，故月亮象征变化。后半首诗是说湿婆虽然头戴新月，但本身并不受其影响而发生任何变化。

② 按印度神话传说，梵天爱上了自己的女儿，在追逐她时，湿婆向他射出一箭，此箭化为二十八宿中的参宿（ārdrā），而梵天化为觜宿（mṛgaśiras）。

降落到这都城附近的地面，
市民满怀好奇，仰面观看。(51)

山王对他的到来万分欢喜，
亲友乘坐群象，珠光宝气，
一路跟随，看似他相迎时
身携自己鲜花满树的山脊。(52)

大神和山王的两支队伍，
在卸掉门闩的城门会合，
好像两股洪流喧声远播，
涌来将同一座桥梁冲破。(53)

湿婆大神深得三界敬重，
山王受他礼拜愧由心生，
因他未察觉面对其尊荣，
自己早已深深俯首致敬。(54)

他满心欢喜，容光焕发，
走到女婿的前面领路，
引他进入富庶的京华，
街市撒满及踝的鲜花。(55)

这一刻，城里的美女
亟欲一睹湿婆的风采，
纷纷抛下了其他事务，
殿宇上呈现这般情态：（56）

有女子匆忙走到窗前，
发髻松散，垂落花蔓，
尽管她适时以手相擎，
却全未想着束好髻辫。（57）

有女子收回侍女擎的双脚，
上面还在流淌鲜红的颜料，
她顾不上走路时步态妖娆，
留下一串红足迹直到窗前。（58）

另一位美女用黑色眼膏
描好右眼，还未画左眼，
就这样拿着涂抹的小棍，
急急忙忙走到窗户旁边。（59）

还有位女子目光直穿过格窗，
未将起身时松脱的衣结束系，
她用手提住衣衫出神地站立，

手上装饰品的光芒照进肚脐。(60)

有位女郎的腰带才串完一半，
她匆忙起身，一步步慌张凌乱，
带上的宝石随脚步纷纷脱落，
这时只剩系在脚拇趾的丝线。① (61)

满怀好奇的女子的脸蛋，
在敞开的窗口挤成一团，
唇畔飘酒香，媚眼若黑蜂，
似有簇簇莲花装饰窗前。② (62)

这时，湿婆步入王家大道，
路上装饰拱门，遍插旗幡，
他以头顶的月光照沐殿顶，
让它们在白昼也光辉倍添。(63)

妇女们用眼饮下他这焦点，
把其他感官对象抛在一边，

---

① 印度妇女在串花环或装饰品时，通常先将线的一头系在脚拇趾上固定
   好，至今仍能见到这样的场景。
② 本章第 57 至 62 节诗与《罗怙世系》第 7 章第 6 至 11 节诗雷同，所不
   同的是前者描绘的是湿婆娶妻时城中女子的种种情态，而后者将男主
   角换成了阿迦。

这样，她们的其余感官活动
仿佛都已完全沉浸入双眼。①（64）

"为了他，阿波罗娜纵然娇弱，
修习艰辛的苦行却适得其所，
这女子成为其奴仆尚且如愿，
更何况她会将其膝头来枕卧?"②（65）

"倘若众生之主不让这一对
互相倾慕美貌的伉俪结合，
那么他赋予这二人美貌的
一切努力将落得徒劳无果。"③（66）

"爱神的身体肯定不是被
生怒的湿婆烧成了灰烬，
我想应是他见到这大神，
出于羞愧自愿抛弃肉身。"（67）

"山王靠好运与这自在天

---

① 此节是说妇女们如饥似渴地注视湿婆，仿佛其他感官活动都已瘫痪，
耳不能听，鼻不能闻，舌不能尝，身未有觉。
② 第 65 至 68 节诗写的是城中女子交谈的内容。
③ 此节与《罗怙世系》7.14 节诗基本雷同。

结成了梦寐以求的姻亲，

那支撑大地而高昂的头，

朋友啊，将被他抬高更甚。"(68)

三眼神听着药草原里的

多情女悦耳动听的私语，

来到山王宫殿，在那里，

臂环碾碎了一把把炒米。①（69）

他扶着毗湿奴走下神牛，

如同太阳从秋云上降落，

他进入山王宫殿的内庭，

由梵天先一步开路引领。（70）

以因陀罗为首的各方天神、

以七仙人为首的众位大仙

连同侍从随他到山王宫殿，

像至高目标紧随吉利开端。（71）

自在天在那里落座泰然，

接受山王边颂诗边敬献

---

① 为欢迎贵宾抛撒炒米是印度传统习俗。这里是说城中人潮涌动，炒米
被男子的臂环轻易碾碎。

含宝石、蜂蜜和乳酪的
礼品以及两件崭新绸衫。(72)

他身着丝绸衫,被谦恭的
后宫侍从带到新娘的身边,
如同汇聚排排泡沫的海水,
被初升的月光引领向海岸。① (73)

湿婆神的心水清净澄澈,
莲眼绽开,与这月亮脸
日渐俏丽的女孩子结合,
就好似世界遇上了秋天。(74)

他俩的眼睛都贪恋对方,
不期而遇时又感到惊惶,
稍微一胶合便立即收回,
此刻体验到羞涩的克制。(75)

八形神握住由她的雪山父亲
递来的柔荑,那艳红的手指
就好像是爱神的第一枚嫩芽,

---

① 此节与《罗怙世系》7.19节基本雷同。大量泡沫使海水呈白色,诗人以此
比喻丝衣,而初升的月亮光线柔和,诗人以此比喻谦恭温顺的后宫侍从。

鸠摩罗出世

他因惧怕湿婆而藏身于乌玛。（76）

两手交握的那一瞬间，

湿婆手指出汗，乌玛

汗毛竖立，恰似同时，

爱神对他俩分别施法。（77）

因为其他的新郎新娘

执手时都会异彩大放，

更何况这对大神眷侣，

偎近时美丽如何言讲？（78）

围着熊熊祭火右绕而行，

这对新人浑身光彩焕然，

像白天和黑夜彼此结合，

沿弥卢山边缘绕行转圈。①（79）

先领这对夫妇绕火三匝，

他俩因互触而眼睛紧闭，②

家庭祭司随后引导新娘，

---

① 此节与《罗怙世系》7.24节雷同。在印度神话中，弥卢山是世界的中心，太阳和月亮都向右环绕此山运行，由此产生了白天和黑夜。
② "他俩因互触而眼睛紧闭"指两人因互相碰触感到幸福而闭眼。

向烈烈火焰中投放炒米。(80)

她按祭司的指示垂下俏脸，
面向炒米升起的飘香青烟，
烟雾的顶端爬上她的面颊，
化为暂时装饰耳朵的青莲。(81)

因为按照习俗接受烟熏，
新娘脸上微显湿润红艳，
黑眼膏融化晕染了双眼，
麦芽耳饰变得萎谢枯干。(82)

"孩子啊！"婆罗门①对新娘说，
"这一堆祭火见证你的婚礼，
你应该彻底抛开犹豫迟疑，
和丈夫湿婆一道践行正法。"(83)

波哩婆提伸长耳朵到眼角，
用心听取老师的这番教导，
如同备受酷暑炙烤的大地，
贪婪地饮下新雨的第一滴。(84)

---

① 这里的"婆罗门"指的是家庭祭司。

她长相迷人的永恒夫君，
指点她去看空中的北辰，
她仰起脸，害羞得语塞，
好不容易才说："看见了。"(85)

家庭祭司熟知仪轨，
为他俩举行了婚仪，
这对众生的父母亲
向莲座上祖父行礼。①（86）

造物主向新娘表达祝愿：
"吉祥女啊，愿你诞下英雄！"
然而即使他是语言之主，
也想不出对八形神的祝福。②（87）

夫妇俩随后来到摆好礼品的
四方祭坛，坐在黄金座位上，
接受潮湿的稻谷抛撒在头顶，
这样既符合习俗又备受期望。（88）

---

① "莲座上祖父"指梵天，他始终以坐在莲座上的形象出现，因为喜马拉雅山为梵天所创造，故而湿婆在婚后向成为他长辈的梵天敬拜。

② 因为湿婆是八形神，他遍布万物，拥有整个宇宙，没有什么是他渴望的，所以梵天不知道祝福什么。

吉祥女神为他俩撑起莲伞，

细长的莲花茎权充作伞杆，

一滴滴水珠挂在莲瓣边缘，

摄取了珍珠网的璀璨绚烂。(89)

娑罗私婆蒂赞美这对夫妇，

用两种方式组织她的颂词，

赞颂新娘时用语浅白通俗，

赞美不凡的新郎文辞雅致。①(90)

他俩看了会儿天女的首场演出，

天女们个个舞姿娇媚动作曼妙，

情节关节处展现不同戏剧风格，

不同情味之间搭配适宜的曲调。②(91)

表演结束时众神合掌于冠顶，

---

① 娑罗私婆蒂(sarasvatī)是语言女神(或译"辩才天女")。通俗易懂的
语言指低种姓使用的俗语，雅训的语言指高种姓使用的梵语。梵语戏
剧也经常设计高种姓角色说梵语，妇女、儿童和低种姓者说俗语。这
里既凸显出湿婆和波哩婆提之间地位高低有别，又强调了波哩婆提的
女性身份。

② "舞姿"(aṅgahāra)一词根据迦莱的解释，特指适用于艳美风格(kaiśikī
style)的舞姿，而古典诗学家婆罗多(bharata)和胜财(dhanañjaya)等
人都认为艳美风格含有艳情色彩，因此天女们妖娆娇媚的舞姿颇能衬
托诗中婚礼的场景和主人公情意绵绵的心境。"情节的关节"(saṃdhi)
在印度古典戏剧学中则包括开始、展现、胎藏、停顿和结束五种。

拜倒在已经娶妻的湿婆面前，
恳求他接受爱神的虔心侍奉，
诅咒终止时爱神已恢复身形。（92）

尊神怒气消散，甚至同意
爱神之箭也能作用于自己。
深明职责者适时提的请求
在主人那里定能获得实现。（93）

湿婆送走了这一群天神，
手牵山王之女步入洞房，
那里摆设金罐，装饰堂皇，
地上还精心铺设着婚床。（94）

新婚的娇羞成为高利女神的装饰，
她扭过丈夫拨向自己的俏丽容颜，
即使对侍寝女伴，她回话也艰难，
湿婆命侍从①扮鬼脸惹她暗笑连连。（95）

---

① 这里的"侍从"特指钵罗摩特（pramatha），他不仅是湿婆的侍从，还通晓正法，此处翻译从略。

第八章

山王的女儿在婚礼过后，
对诃罗情缱绻而意惶遽，
湿婆的心中因此滋生出
爱痴欲狂的销魂的乐趣。（1）

对她说话，她缄默不答，
扯她衣衫，她急欲躲闪，
躺在床上，她转过娇颜，
尽管如此湿婆快乐不减。（2）

当情郎好奇心起，佯装睡着，
波哩婆提转过眼偷觑他容仪；
当情郎张开眸子，面露笑意，
她立刻闭眼，如遭闪电打击。（3）

湿婆放在她脐部的手
被她抖抖索索地阻碍，
不料衣结却彻底松解，
她身上罗衣自动敞开。（4）

情郎在面前，她惴惴不安，
已记不起女伴的良苦规劝：
"我的朋友，你务必要这般：
私下侍奉湿婆，收起慌乱。"（5）

曾毁灭爱神的湿婆专心发问，
为了能搭讪，哪怕闲话连篇。
而波哩婆提却仅仅投去视线，
以默默点头回应，充作答言。（6）

独处时她被褪去了罗衫，
忙用两手遮住湿婆双眼，
而他额上之目依然炯炯，
努力落空，她惶恐不安。（7）

湿婆热衷与新娘燕婉缠绵，
尽管难获回应，爱欲受挫，
亲吻时，她逃避献上唇瓣，

热烈拥抱时,她双手怠倦。(8)

亲吻不咬伤她的下唇,
情浓不留下指甲伤痕,
情郎的欢好温柔缱绻,
别样销魂她实难承担。(9)

闺中女伴在清晨时分
尝试打探出夜间种种,
尽管她内心急于相告,
却因羞怯让好奇落空。(10)

她对镜打量欢情痕迹,
看到情郎在身后端坐,
他的映像紧挨着自己,
她万般羞赧,手足无措。(11)

见女儿青春为青颈享用,
母亲美纳方觉安心舒畅,
因为新娘深得夫婿宠爱,
能驱散母亲心中的忧伤。(12)

连日邀欢,好不容易

湿婆让爱侣喜欢亲密。
她尝到了情爱的滋味，
渐渐抛开欢爱的拘泥。（13）

被压在胸口，她拥抱情郎，
被爱人索吻，她不躲娇颜，
当他抖着手探寻她的腰带，
她只松软无力地加以阻拦。（14）

他俩几天便情深意浓，
情态尽显，彼此依恋，
未见隙恼，蜜语甜言，
片刻分离也凄惶难安。（15）

正如新娘恋慕般配的新郎，
新郎也像这样痴情于新娘，
因为恒河对汪洋不离不弃，
汪洋也只乐尝她口中滋味。①（16）

湿婆向她传授如何欢好，

---

① 此节最后一句语涉双关，"rasa"一词兼有"水分"和"滋味"的意思，因此其字面义是"大海只乐于吸收恒河入海口的河水"，而暗含义则是"湿婆乐于品尝波哩婆提口中的滋味"。

她暗自成为其入室弟子，
学习少妇应掌握的技巧，
对他施展权作谢师酬劳。（17）

下唇经过咬噬方得解脱，
乌玛的柔荑痛苦地挥动，
靠湿婆顶髻的清凉月牙，
她刹那之间就冷却唇痛。（18）

当亲吻之时她盈发的香粉
迷住了湿婆额上所生之眼，
他也将眼睛递往乌玛嘴边，
那里吐气芬芳如盛开的莲。①（19）

如是追随感官快乐之路，
湿婆凭这个施恩于爱神，
他与新婚妻子乌玛相偕，
在山王宫里仅暂住一月。（20）

他离去征得喜马拉雅允许，
骨肉分离让山王痛苦不已。
乘坐速度快不可测的神牛，

---

① 这里是说湿婆请妻子吹去迷住眼睛的香粉。

自生者①处处流连，游乐嬉戏。(21)

乘着迅疾如风的坐骑来到弥卢山，
这位幸运儿被波哩婆提拥在胸前，
一心颠鸾倒凤的他享受燃情夜晚，
躺在黄金碎叶铺就的床榻上缠绵。②(22)

化作波哩婆提莲嘴上的蜜蜂，
他在曼陀罗山的坡地上栖身，
那里曾获得一滴滴新鲜甘露，
石头上还印有毗湿奴的镯痕。③(23)

波哩婆提惧怕罗波那的吼声，
柔嫩的臂膀环抱住湿婆脖颈。
在财神俱毗罗的盖拉瑟山上，
这位世界之父享受月华莹莹。④(24)

---

① "自生者"(ātmabhū)是湿婆的一个称号。
② 传说弥卢山上的一切都是金子做的，包括树木和叶子。
③ 传说天神和阿修罗曾把曼陀罗山当搅棍搅乳海，毗湿奴在稳固山体时将镯印留在山石之上，而从乳海中新搅出的甘露还洒在山坡上。
④ 罗波那(rāvaṇa)是印度神话中的罗刹王，他通过苦行从梵天那里得到了不被神族杀死的恩赐，于是抢走了财神俱毗罗的飞车。他曾经乘飞车途经盖拉瑟山，受到阻遏。湿婆的侍者告诉他，湿婆正在山上，飞车不能越过，请他返回。而罗波那藐视湿婆，用手臂抬起盖拉瑟山。于是，湿婆用脚趾踩下盖拉瑟山，压碎罗波那的手臂，罗波那发出可怕的吼叫。由此，他得名"罗波那"(意为"吼叫")。

他曾在摩勒耶山的林地交欢，

南来的风拂动檀香树的枝蔓，

夹杂着丁香花的花丝，好似

献媚者来消除他爱妻的疲倦。①（25）

在天上的河流中嬉戏，

乌玛以金莲击打爱侣，

爱人泼水时她闭上眼，

鱼群让腰带成了多余。（26）

舍姬发上的波利迦多花，

三眼神湿婆在欢喜园里

用它们来装饰波哩婆提，

被天女恋恋不舍地凝睇。②（27）

这样，湿婆与妻子相伴，

享受了天上人间的忻欢。

有一次在晚霞的红光中，

---

① 南风拂动枝蔓说明清凉，夹杂花丝说明芬芳，而清凉和芬芳正是好风的特征，类似描写另见 9.38 和 13.32。
② 舍姬(śacī)乃因陀罗之妻，这里用了"pulomatanayā"一词，直译作"布罗曼之女"。欢喜园(nandana)是因陀罗的乐园。

返回芬芳四溢的香醉山①。(28)

坐在那里的金石板上，
他望着不刺眼的太阳，
左手臂上有爱人依偎，
他对这合法的妻子讲：(29)

"这日头仿佛将莲花的美艳
转移到你眼角通红的双眼，
然后它收回白天，就好似
创造主收回毁灭时的世界。②(30)

"太阳下山时收回光线，
不再照耀溅起的水雾，
你父亲的这条条山瀑，
顿时失去环绕的虹弧。(31)

"湖中一对驯顺的轮鸟，

---

① 香醉山(gandhamādanagiri)在印度神话传说中位于弥卢山以东，因山中长满散发香气的树木而得名，据说只有修得苦行力的人才能攀上此山。
② 太阳下山时莲花闭拢，诗人想象太阳将这美丽转送给了波哩婆提的双眼。古代印度人认为世界就是被创造主创造—收回的过程，如此循环往复。

眼看由靠近变得远离，

抛下啄食一半的莲丝，

绕动颈项，发出悲啼。①（32）

“群象撇下日常活动之地，

吸取湖水以维持到天明，

水流因香木断枝而芬芳，

水莲闭拢，围困住蜜蜂。②（33）

“言辞精当的佳人，你看，

太阳低悬在西方地平线，

仿佛用水中拉长的倒影，

架起一座金桥横贯湖面。（34）

“野猪群首领獠牙尖尖，

像嚼食柔嫩藕芽一般，

它们度过白日的炙烤，

跃出淤泥厚积的池沼。（35）

“两股丰满圆润的女郎啊！

树梢头栖息的那只孔雀，

---

① 轮鸟（cakravāka）绕动颈项是为了让对方看见，另参见 3.37 脚注。

② 香木（sallakī）是大象喜欢的食物。

开屏的尾翎黄得似金水，
像饮下渐消的日暮余晖。①（36）

"东方的天际黑暗初降，
天空好像枯竭的池塘，
太阳吸干了光芒之水，
只剩少许，露出泥浆。（37）

"鹿儿踱进茅屋的庭院，
小树根经浇灌而润湿，
净修林呈现吉祥美景，
祭牛步入，祭火点燃。（38）

"尽管莲花闭拢成花苞，
却仍有片刻留出空隙，
像为渴望留宿的蜜蜂
提供通道，满怀爱意。②（39）

"西方的天际低悬红日，

①　诗人想象孔雀是因为饮下了落日余晖，尾翎才闪现出金水般的黄光。
汉语中亦有"落日熔金"一词。
②　入夜后，日莲在彻底闭拢前会保持片刻半开状态，诗人想象这是莲花
有意为之，为了迎接在外游荡的蜜蜂恋人回巢。

散射的光线寥寥可数，
似少女点上花丝历历、
般度吉婆花的吉祥志。①（40）

"太阳将光辉散布给烈火，
啜饮它光热的上千随从
称颂它以娑摩吠陀赞歌，
歌声打动拉车马的心窝。②（41）

"将白天托付给大海之后，
这太阳便乘车落入西山，
马儿垂颈，车辀扭结鬃毛，
耳上的拂尘摩擦了双眼。（42）

"太阳落山，天空似入眠，
巨大发光体运行如这般：
无论它升起时照亮哪里，
都在它落下时陷入黑暗。（43）

---

① 般度吉婆花（bandhujīva）小且红，常被印度妇女贴在前额充当吉祥志。
② 根据印度神话，太阳的随从包括护卫神车、跟随太阳穿过天空的六万矮仙（vālakhilya），他们仅以摄取太阳的光热为生。古代印度人普遍相信太阳落山后会将自己的光辉投注在火中，而《娑摩吠陀》赞歌也是在傍晚时分吟诵的。

"当太阳的贵体倚在西山上，
冥冥暮光这时也紧跟而降，
之前日出时得它如此推崇，
日落时又怎能不随它而往?①（44）

"鬈发女啊，云彩这些边缘
闪现出赤橙赭的缤纷色彩，
宛如黄昏为博你乘兴一睹，
灵巧地转动画笔描绘出来。（45）

"你瞧啊，高山仿佛亲自
将晚照分配给种种事物：
狮子鬃毛、含矿的峰峦，
还有刚长出嫩芽的树木。②（46）

"这些精通礼仪的苦行人，
黄昏时脚跟抬离了地面，
供奉上一抔抔圣洁之水，

---

① 诗中的"saṃdhyā"一词既指黄昏、暮光，也指黎明、曙光。清晨，它先于太阳出现，在诗人眼中，就如同受到太阳敬重而让它先行；傍晚，它自然也要不负恩义追随太阳。诗人实际上是将黄昏暗喻为贞妇，不离不弃、生死相随是贞妇的品格。
② 夕阳晚照是橙红色，而诗中罗列的种种事物也都是橙红色，故有此比。

145

为求净化恭敬地默诵梵。①（47）

"因此，话语甜蜜的女郎啊，
也请允我以片刻履行誓愿②，
你的女友们擅长打发时间，
她们会为你带来娱乐消遣。"（48）

然后，山王之女撅起唇，
对丈夫的话不屑理会，
她没来由地突然开言，
与身边的维迦耶聊天。（49）

而自在天则一边念诵，
一边履行完黄昏仪轨，
重新回到愤懑不语的
雪山女身边，微笑劝慰：（50）

"无故生气的女郎，请你息怒，
无它，是黄昏让我鞠躬行礼，

---

① 抬起脚跟站立是供奉圣水时特有的姿势。根据摩利那特的注释，该诗中的"梵"（brahman）指"伽耶特利"（gāyatrī），即婆罗门在晨祷和晚祷中反复念诵的《梨俱吠陀》中的一首颂诗，又称"莎维德丽颂诗"（sāvitṛ），参见《摩奴法论》2.101。
② 这里的"履行誓愿"就是指"黄昏默祷"。

你难道不知自己的合法伴侣

行为举止相比轮鸟毫无差异。（51）

"苗条淑女啊，这黄昏是从前

梵天创造祖先时抛弃的身体，

它在日出日落时皆受人崇奉，

骄妇啊，故而我也满怀敬意。①（52）

"你看，遭到漫天黑暗阻断，

这暮光此刻像紧贴着地面，

犹如流淌矿物汁液的川流，

被多摩罗树围绕一侧河岸。②（53）

"西方呈现一抹艳红，

是黄昏落日的晚照，

仿佛沙场上斜插着

一柄血淋淋的弯刀。（54）

"昼夜交替之时出现的

光芒已被弥卢山遮挡，

① 传说创造主梵天在创造了祖先们之后抛弃身体，这身体化作黄昏（或黎明），开始侍奉东山和西山，故而也被人格化为梵天之女。

② 矿物汁液为橙红色，多摩罗树为黑色，故有此比。

大眼女郎啊，这黑暗

所向披靡，弥漫四方。(55)

"眼睛既看不到上面下面，

也看不到前后连同周边，

夜间这世界像身处子宫，

被黑暗的胎膜包裹成团。(56)

"纯净与污浊的，静止与移动的，

属性弯曲与具有笔直特征的，

黑暗将所有这些都归同一律。

呸！邪恶强大到消弭了差异。① (57)

"为了要驱散夜晚的黑暗，

祭祀者之主月亮升上来，

莲脸女啊，东方的面庞

好像被盖多吉花粉覆盖。② (58)

"夜晚的天空繁星点点，

月亮藏身曼陀罗山后，

似你有闺蜜聚在身边，

---

① 黑暗使一切都无从分辨，诗人将它比作邪恶，使人分不清好坏善恶。

② 盖多吉花粉呈白色，故有此比。

而我在后方听你交谈。(59)

"在沉沉黑夜的刺激之下,
东方释放出这圆月一轮,
犹如秘密被保守到入夜,
吐露前只见月光般笑痕。①(60)

"你看,月亮闪耀着光辉,
就好似成熟的蔓藤硕果,
一轮悬于天,一轮映于湖,
堪比一对轮鸟遥遥相隔。②(61)

"月亮刚刚升起的光线,
柔和好似鲜嫩的麦芽,
用指甲前缘便能掐断,
作你的装饰戴在耳畔。(62)

"月亮用光线拉扯黑暗,
如同用手指拽住浓发,
他像在亲吻夜的面庞,

---

① 在这节诗中,诗人将圆月想象成爱情的秘密,女子受女友催促,直到入夜才肯吐露,然而未语人先笑,笑容好似先于月亮出现的皎洁月光。
② 成熟的蔓藤果、月亮和轮鸟都是金黄色,故有此比。

面上莲眼紧闭如花芽。①（63）

"波哩婆提啊，你看那天空，
黑暗被月的初光驱散一半，
看似摩那娑湖②有浴象嬉戏，
被搅浑之后又恢复了澄澈。（64）

"月亮褪去了红彤彤的模样，
化作光辉皎洁的皓月一轮，
的确，在本性纯洁者身上，
不合时宜的变化不会永存。（65）

"月亮的光芒停留在高处，
夜晚的黑暗蛰伏在低处，
的确，对于优点和缺陷，
造物主安排了相宜地点。（66）

"月光宝石③的点点水滴，
随着月辉遍洒而流泻，

---

① 在这节诗中，诗人将月亮比作情郎，将夜晚比作女子，将闭合的莲花比
作夜晚的眼睛。
② "摩那娑湖"（mānasa）是传说中的圣湖，位于盖拉瑟山，每年季风起
时，有大批天鹅来此产卵。
③ 月光宝石（candrakānta）据说是月光凝结而成，再经月光一照就会融解。

山以此不适时地唤醒
在林坡间熟睡的孔雀。（67）

"毋庸置疑的绝代佳丽啊，
月亮现在仿佛心生好奇，
用摇曳的光芒拨弄清点
如意树梢上悬挂的珠链。①（68）

"因山上分布高峰和低谷，
这一片月光交织着黑暗，
似醉象身上涂抹的白灰，
被描绘成各种装饰图案。②（69）

"这朵莲花仿佛承受不住
开放时饱饮的月光汁液，
它彻底绽裂一直到花萼，
迅速地释放出嗡嗡蜂鸣。（70）

"怒火中烧的女郎啊，你看！
那挂在如意树上的丝绸衫，

---

① 在这节诗和 8.63 中，诗人都将月光比作人手。
② 因为山上高低不平，所以月光时隐时现，与黑暗交织，如同醉象黑色身躯上绘成各种图案的白灰。

在皎洁的月光中难辨其形，

唯有随风翻飞时方可认清。（71）

　"月华穿过树叶，斑斑点点，

落花般纤柔，洒在树下面，

能够被手指轻轻地拈起，

用来妆点你鬈曲的发辫。①（72）

　"俏脸美人啊，这轮月亮

与闪烁光环的星星相依，

宛如新郎与战战兢兢的

新婚少女结合在了一起。（73）

　"凝眸遥望月轮的女郎啊，

被皓月映照的你的颊部，

皎洁似成熟开花的苇杆，

月光仿佛就从上面射出。（74）

　"这一位香醉山的森林神女，

亲携如意树上长出的蜜酒，

盛在鲜红的太阳宝石杯里，

---

①　在这节诗中，诗人将月光的斑点比作装饰头发的落花。

款款走向在此地停留的你。(75)

"有情人啊,你天生眼睛红艳,
口吐芬芳宛若盖瑟罗花初绽,
当蜜酒在你的嘴里获得归宿,
它还能为你把哪种丽质增添?①(76)

"可你女友的虔诚当受敬重,
这燃情的蜜酒请尽情享用。"
湿婆这样说道,一片诚意,
劝使波哩婆提饮下这甘醴。(77)

波哩婆提饮下这杯蜜酒,
纵有变化,却摄人心魄,
像在莫测的命运作用下,
芒果树变种成娑诃迦洛。②(78)

湿婆和醉酒的两股力量,
顷刻间控制这俏脸女郎,

---

① 饮下美酒让女子吐气如兰,眼睛红润,更加动人,而波哩婆提天生就已具备这两点,故而诗人感叹蜜酒别无所用。
② "娑诃迦洛"(sahakāra)是芒果树的一个特殊品种,其花芳香迷人。变化通常都是坏的,但发生在波哩婆提身上,却使她更加动人,故而诗人以"娑诃迦洛"喻之。

153

褪尽她羞涩，点燃她欲望，
还会把她带入鸳帐欢床。（79）

她口齿不清，眼波流转，
无故地发笑，汗珠覆面。
湿婆不用嘴，而用眼睛，
久久地饮下乌玛的醉颜。（80）

乌玛的金腰带松松地悬垂，
因为丰臀沉重而难以扶持，
湿婆带她进入琳琅的洞室，
他借禅定力造得堂皇富丽。（81）

在那里，寝褥白似天鹅，
床榻可爱得像恒河沙滩，
他倚床而卧，有妻为伴，
宛如月亮悬在秋云上面。（82）

无情地揪扯头发，蹂躏月牙，
指甲胡乱地抓挠，留下印痕，①
扯断妻子的腰带，互不相让，

---

① 《爱经》（Kāmasūtra）规定男女欢爱时，指甲应当在胸脯、脖颈、后背、大腿等适当的位置留下划痕，但他俩在激情中忘了这些规定。

与波哩婆提欢爱他不满犹存。（83）

当成行的星辰向西坠去，①
湿婆的胸膛被乌玛环抱，
仅仅出于对爱妻的怜惜，
他故露睡意，将眼闭起。（84）

这经常被智者赞美的湿婆，
清晨与簇簇金莲一同醒来，
紧那罗为他吟唱吉祥颂歌，
采用盖希迦曲调抑扬顿挫。（85）

从香醉山林地里吹来的清风
拂动摩那娑心湖②泛起了涟漪，
能轻易催开莲花，在一瞬间
供这对松开拥抱的夫妻享受。（86）

爱妻系拢散开的衣衫，
诃罗却连忙加以阻拦，
她大腿根的道道甲痕，
立刻俘获了他的视线。（87）

---

① 星星落向西方地平线表明时间已近黎明。
② 因"mānasa"一词有"思想、心"的意思，故而"摩那娑湖"又可译作"心湖"。

注视爱人的娇颜，他欲火焚身，

只见她齿印深深，凌虐下嘴唇，

双目因熬夜而通红，鬈发蓬乱，

吉祥志模糊，他继续燕婉寻欢。（88）

尽管夜晚结束时，天色转亮，

他仍不离开寝褥皱巴的欢床，

那里留下斑斑红颜料的脚印，

还有断线的腰带在当中堆放。（89）

爱妻嘴中的琼浆令喜悦滋长，

他日日夜夜都渴望享用品尝，

求见之人谁都无缘见他一面，

只有维迦耶通报他有客来访。（90）

湿婆只顾与爱妻燕好，不分昼夜，

度过一百五十个季节，如同一晚，

他对缠绵行乐的贪求未曾有中断，

像陷入激流澎湃的大海中的火焰。①（91）

---

① 海中的火焰不但不会被激流浇熄，还会受其滋养，越烧越旺。这里
涉及有关"海火"的印度神话：传说陀提遮仙人的儿子伐陀婆胃口巨
大，任何食物都不能满足他，令众神感到恐惧。于是，婆罗私婆蒂将
他带到海边，告诉他无尽的海水能满足其胃口，他进入海底，成为饮水
的海火。

156

第九章

似这般沉溺于浓情蜜意，
像啜饮爱妻莲脸的蜜蜂，
湿婆这时看见一只鸽子，
正飞入他俩行乐的洞房。（1）

只见它转动红色眼睛，
频频收敛可爱的尾羽，
向上伸展弯曲的脖颈，
模仿爱妻燕婉的喃呢。（2）

它意乱情迷，雀跃欢喜，
双翅轻抖，一无羁绊，
色如皎月，光彩熠熠，
脚趾盘结，四下回旋。（3）

湿婆看见它好似爱神
偕罗蒂跳入甘露池里
新涌出来的一堆泡沫，
刹那间心中生出欢喜。(4)

看见它形貌不凡乃某位神祇，
这寓居万物的天神略作思量，
认出它是假扮成鸟的阿耆尼①，
于是愤怒地蹙眉，令人恐慌。(5)

然后，这火神恢复原形，
因惊恐万分而剧烈颤动，
他双手合十，觳觫不停，
却对爱神之敌说清道明：(6)

"你是宇宙众生的唯一主宰，
你禳除天国居民们的祸灾，
主人啊，于是因陀罗统率
遭恶魔滋扰的众神求你来。(7)

"当你陷入爱人的情柔，

---

① "阿耆尼"是"agni"（火神）的音译。

欢爱中暗度百个春秋，
因陀罗与众神却苦于
见不到你而万分心忧。(8)

"受那些以因陀罗为首、
伺机侍奉你的天神请求，
智者，我只能见机行事，
化身成鸟儿来向你求救。(9)

"因此，主人啊，尊者啊，
请鉴于此情，恕我等无罪！
那些寻求庇护的残兵败将，
你说怎能忍得了片刻延宕？(10)

"主人，请施恩快些生子！
若得此子出任军队统领，
天王一旦重掌天国权柄，
会因你的恩惠保护三界。"(11)

火神的陈情语重心长，
湿婆听到后十分高兴。
能说会道者可以凭借
甜言蜜语讨主人欢心。(12)

这爱神毁灭者思绪平静，
心念稍转，想到了未来
统领因陀罗的大军取胜、
对阵魔王的赢家将诞生。（13）

于是，他向上抛洒精液，
将欢好中断溅落的精华
喷射向火神，一滴不漏，
如劫末的大火令人难受。（14）

然后，火神纯洁的身躯，
立刻被湿婆四射的精液
大量玷污，如同明镜的
表面被吹来的热气模糊。（15）

因为行乐的欢愉被人打断，
气得山王之女这样咒火神：
"愿你吞噬一切，举止骇人，
满腹烟雾，还有恶疾缠身。"（16）

据说经受大量滚烫的精液灼烧，
火神拖着畸形的身体离开洞房，
仿佛是受霜雪侵袭的莲花花苞，

又似遭陀刹诅咒而亏蚀的月亮。①（17）

凭借饱含深情的甜言蜜语，

湿婆大神逗乐了山王之女，

她为见火神就恼火而惭愧，

脸因爱羞交织而微笑低垂。（18）

这一位可心人的黑色眼膏

被淋漓的汗水晕染得满脸，

湿婆便用肩头垂动的衣角②，

从她无瑕的月亮脸上拭掉。（19）

用疲弱的指、颤抖的手，

湿婆抚拭去妻子的汗水，

他玩笑嬉闹，为她挥扇，

风干她莲花脸上的香汗。（20）

这位头戴新月的湿婆大神，

---

① 按印度古代传说，生主陀刹曾将二十七个女儿嫁给月神，而月神却
专宠卢醯尼，冷落其他妻子，因此遭到陀刹诅咒，得了痨病，日渐亏
蚀消瘦。

② "肩头的衣角"对应的原词为"dvitīyakaupīna"。其中，"dvitīya"意为
"另一个"，"kaupīna"则指"遮掩下体或私处的衣衫"，根据悉达罗摩的
注释，两词结合，意为"披在肩上的衣服"，即"遮掩上体的衣服"。

用波利迦多花编成的花环，
束起她欢爱时松散的发辫，
它失落了鲜花，垂挂在肩。（21）

月亮脸大神在这美女的颊边，
用麝香颜料描画出彩绘线条，
仿佛描画上屡屡成功的爱神
那能蛊惑世人的符咒一道道。（22）

湿婆将一对圆轮形耳饰放在
她耳畔，装点她如车的俏脸，
那位持花弓、配五箭的爱神
想征服世界，定会登到上面。（23）

他将一串蔓藤般的珠链，
挂在她颈上，遮住乳头，
美丽堪比恒河两支飞湍，
落在弥卢山的双峰上边。（24）

她的圆臀因指甲痕而娇艳，
爱神之敌将腰带系那上面，
好像那是爱神的套索，绑住
自己春心这头不安的小鹿。（25）

湿婆神亲自在前额的火眼里
烤化黑眼膏，端正地涂抹在
莲眼初绽的女子一双妙目上，
在汗毛竖立的青颈上揸手指。（26）

传说在莲眼女郎的莲花足尖，
头戴新月的大神涂上红颜料，
然后又用自己头上的恒河水，
将手上粘的点点朱红冲洗掉。（27）

在自己涂灰的身体上，
湿婆擦亮镜子的表面，
嬉笑着放在爱妻面前，
让她欣赏装饰的妍艳。（28）

在爱人递来的嵌珠宝的镜子里，
她发现自己身上欢爱过的痕迹，
于是羞意顿起，浑身汗毛竖立，
借此表象流露对他的浓情蜜意。（29）

笑意盈盈地欣赏镜子里
由爱人为她装扮的美丽，
她抛开羞涩尴尬的情绪，

自认为是佼佼的幸运女①。（30）

然后，她的两位闺中知己，
维迦耶和迦耶见机走进来，
她俩花样百出，尽献才艺，
打扮坐在湿婆膝头的女子。（31）

歌手们在外高唱吉祥歌曲，
赞颂诃罗光辉动人的事迹，
一群群健达缚为取悦湿婆，
也伴随声声螺号一同唱歌。（32）

随后侍从难底走近房门，
双手合十，鞠躬禀报说：
"成群的天神趁侍奉之机，
一心一意渴望求见大神。"（33）

大自在天诃罗手牵雪山之女，
他的摩那娑心湖中的雌天鹅，②
踱出了他们欢爱行乐的洞房，

---

① "幸运女"（saubhāgyavatī）指婚姻美满的妇女。
② 诗人在这节诗中使用"mānasa"一词，巧妙精当，既将湿婆的心喻为摩那娑湖，又将波哩婆提喻为湿婆心湖中的雌天鹅。

164

风流倜傥，出外迎接众天神。（34）

大因陀罗率领一千神众，
双手合十，高举在头顶，
依次向诃罗和三界之母、
雪山王的女儿俯身致敬。（35）

湿婆举止谦恭，安抚了诸神，
按他们来时的顺序一一相送，
然后，他偕同雪山之女一道，
扶着难底手臂登上公牛启程。（36）

骑着速度快过思想的公牛，
山主湿婆沿天路中央出行，
受到那些坐在天国飞车里、
漫游寻欢的众神合十礼敬。（37）

吹拂过波利迦多花的香风，
在天国恒河的水流里嬉行，
平息了欢爱后女子的倦怠，
供山主和雪山的女儿享用。（38）

水晶山的主人名为盖拉瑟，

那儿掩映天空，财富盈溢，

还有怪蟒栖身，半月高悬，

湿婆到那里犹如靠近自己。①（39）

在那里，悉陀的妻子们从近旁

看见自己在水晶壁上的映像，

疑心那是情敌，于是背过脸去，

对鞠躬讨饶的爱人心生怒意。（40）

在那里，月亮洒下的清辉

被水晶山的耀眼光芒掩蔽，

倒映的点点黑斑美丽堪比

高利女神欣然点的麝香志。（41）

象王们透过那里的水晶壁，

瞥见自己倒映其中的身体，

误认作别的醉象，顿生怒气，

承受骇人象牙的痛苦撞击。（42）

---

① 在这节诗中，诗人对盖拉瑟山的修饰多为双关语，如："财富"（vibhūti）一词还有"灰烬"的意思，犹指湿婆身上的白灰；"半月高悬"也可理解成"有头戴半月的湿婆居住"；而湿婆身上也盘踞大蛇，据此可解"湿婆到那里犹如靠近自己"。

在那儿夜晚的水晶宫殿里，

悉陀的妻子看见群星倒影，

误以为那是欢爱结束之际，

从珍珠项链上滚落的珠粒。（43）

挂在那里山巅上的明月，

能与天女的梳妆镜媲美，

它成为湿婆居住的山王①

顶冠上无价的摩尼宝珠。（44）

在那里，渴望与爱侣颠鸾倒凤、

为情所苦的天神们悄悄私会，

即使只身一人，却因层层倒影，

看似有许多个自己出入相随。（45）

湿婆神偕同高利女神，

恰好在水晶山的峰巅，

整日沉醉于燕婉寻欢，

摄人心魄，久久不断。（46）

这姿态优雅的美丽女郎，

① 根据悉达罗摩的注释，一说盖拉瑟山是喜马拉雅的一座山峰，因此也可将之称为"山王"。

握紧毁灭爱神的神之手，
由持杖先行的难底引领，
她翩然动身，款款而行。（47）

然后，接到湿婆的扬眉示意，
婆利耆①跳舞来取悦高利女神，
他摇晃顶髻，扭动骇人四肢，
牙齿暴突，面目苍白又狰狞。（48）

受命于这位心花怒放的主人，
迦利女神跳舞让他爱妻心欢，
她的脖子上晃动着骷髅花环，
因为獠牙凸出故而凶相毕现。（49）

见这可怕的二人狰狞起舞，
少女心生恐惧，体颤身摇，
突然激动不已，主动起身，
深深拥入爱神之敌的怀抱。（50）

收获雪山女惊慌失措的拥抱，
遭受她高耸的丰乳折磨压挤，

---

① 婆利耆（bhṛṅgin）是湿婆的侍从。

大自在天立刻全身汗毛竖立,
他变得春情激荡,心醉神迷。(51)

就这样,这头戴新月作宝珠的大神,
沉醉于和雪山之女的各种情爱游戏,
他在号称山王的盖拉瑟圣山上安居,
有众多恭顺的侍从围绕,满心欢喜。(52)

第十章

这火神身携三眼神
炽热又威猛的精液，
来见正与三十天众
会聚一堂的因陀罗。（1）

因陀罗用他的千只眼，
充满敬意地打量火神，
他身体令人望而生厌，
浑身上下都焦黑冒烟。（2）

一看到火神这副尊容，
因陀罗内心慌乱不安，
他久久沉思：也许这是
爱神之敌的怒气使然。（3）

众天神皆一脸茫然，
时时刻刻盯住火神。
他恭敬地在因陀罗
指定的位子上落座。（4）

"火神啊，你的境遇
为何落得如此糟糕？"
听到因陀罗这样问，
他叹了口气后说道：（5）

"天神们的伟大领袖啊！
遵你不可违抗的命令，
我化身成鸽子的模样，
来到湿婆大神的身旁。（6）

"他正和高利沉湎于交欢，
这爱神之敌如死神一般，
而出于对他的极度恐惧，
我浑身颤抖，原形复现。①（7）

"因陀罗啊，见我伪装成鸟，

---

① 第6、7两节诗语法和语意交错杂糅，这里为求体例统一，分作两节。

171

洞察一切的大神认出是我，
勃然大怒，想把我当祭仪
扔进他前额燃烧的火眼里。（8）

"凭借有效的甜言蜜语，
我恭敬颂扬这位大神，
于是他心中生出欢喜。
谁对赞美不感到快意？（9）

"身为护佑万物的救星，
湿婆救助我摆脱恐惧。
我曾怕被他难抑制的
熊熊怒火一口吞下去。（10）

"放弃享受雪山女
热情拥抱的欢愉，
他因羞愧而中断
颠倒凤鸾的狂欢。（11）

"当时，他立刻抛洒精液，
一滴不漏射向我的全身，
它们因欢爱中止而洒落，
能烧毁三界，令人难忍。（12）

"我无力担负起自己
超出了负荷的身体，
湿婆精液自性为火，
难以承受，将它烧灼。(13)

"我遭受湿婆威猛的
精液烧烤，因陀罗！
请你保护我的生命，
借此获得不朽美名。"(14)

火神这样诉说，
众神之主听了，
用心想出良策，
平息他的灼热。(15)

伸出手轻轻地抚摸
他遭精液灼伤之身，
对生自木头的火神，
天国的主人这样说：(16)

"念诵'萨婆诃、娑婆陀、诃多'，
你对这样的祭供感到欣慰，
亲自取悦天神、祖先和凡人，

因为唯你是他们进食之嘴。① （17）

"祭司们向你供奉祭品，
清除罪恶，得享天国，
这是因为只有你一人
才是抵达天国的原因。（18）

"食祭者啊，苦行者们
把经颂诗净化的祭品
祭供给你，成就苦行，
因为你是苦行的主人。（19）

"你将祭品交给太阳，
太阳化作雨水洒布，
雨生食物，食生众生，
因此你是世界之父。（20）

"你活动在万物内部，
它们产生皆源于你，
因此你是生命元素，
是你赋予世界生命。② （21）

---

① "娑婆诃"（svāhā）、"娑婆陀"（svadhā）、"诃多"（hanta）都是祭祀时祈福
　的祷词。天神等通过祭火得享祭品，故而说祭火是他们的嘴。
② 古代印度人相信万物皆由五大元素构成，即地、水、火、风、空。

"你是这整个世界
独一无二的恩人，
除了你，谁能够
帮我们完成重任？（22）

"火神啊！唯独你才能
实现那群天神的目标，
发誓行善者纵遇不幸，
这份灾祸也值得称颂。（23）

"从前，我们曾不断
取悦讨好女神恒河，
若你浸入她的波澜，
她会平息你的灼热。（24）

"因此，快点前往恒河！
火神啊，请不要耽搁！
面对必须执行的任务，
行动迅速才能有成果。（25）

"身为湿婆水做的形体，
恒河女神将从你那里，
担负承载起爱神之敌
令人无法忍受的精液。"（26）

说完，因陀罗住口，

这位火神受他派遣，

向他辞行告别之后，

就往天国圣河进发。（27）

这火神一路奔波，

抵达了天国圣河。

这一位恒河女神，

能消除一切折磨。（28）

她是登上天国的阶梯，

是解脱之路的守护神。

祛除深重的滔滔罪恶，

助人穿越人生的险途。（29）

她盘踞在湿婆的

顶髻，消除罪恶；

她促成沙迦罗族

解脱，秉持正法。①（30）

_____

① 根据印度神话，沙迦罗是阿逾陀国王，因陀罗偷走他的祭马，藏在迦比罗仙人那里。沙迦罗的六万个儿子为寻找祭马，掘遍大地，遭到迦比罗仙人的诅咒，化为灰烬。后来沙迦罗的孙子找回祭马，而他的重孙则从天上引下恒河，沙迦罗儿子的骨灰经恒河洗涤净化，得以升入天国。

源自毗湿奴足上之水，
她从梵界中奔流而出，
这天国圣河不知倦怠，
以三条支流净涤三界。（31）

这天国圣河波澜不惊，
她仿佛为将此事玉成，
挥舞涌动的波涛纤手，
招呼到来的火之神灵。（32）

聚集成群的天鹅春情荡漾，
透过它们轻柔甜美的低鸣，
这条圣河对他说道："我会
赐给你幸福，除去你苦痛。"（33）

翻腾汹涌的波澜
奔向这边的河岸，
似天河雀跃欢欣，
来迎接这位火神。（34）

带着灼痛而来的
火神在水中浸没，
身陷灾祸的人们

怎么会愿意耽搁？（35）

恒河之水能带来吉祥，

消除疲惫，承载功德，

帮助人渡过生死之海①，

他浸入其中，获得安乐。（36）

在那里，湿婆的精液

从火神身上流入恒河，

她激荡起澎湃的波涛，

遭受五内俱焚的灾厄。（37）

当这圣河恭敬地

接受湿婆的精液，

火神从河中浮出，

怀抱无尽的快乐。（38）

宛若甘露精华一般，

恒河之水汩汩洒布，

火神获得无上安乐，

然后如来时般上路。（39）

---

① "帮助人渡过生死之海"对应的原词是"tārin"，其字面义为"使（人）渡过"。根据悉达罗摩的注释，恒河助人渡过的是"bhavārṇava"，佛经中译作"有海"，即指"生死之海"。

鸠摩罗出世

恒河这空中圣河，
接受湿婆强大的、
难以忍受的精液，
尝到灼热的痛苦。（40）

仿佛经受劫末大火的
上百簇烈焰炙烤煎熬，
水中生物舍弃恒河的
滚烫河水，纷纷出逃。（41）

这条恒河却勉力承载
令人苦不堪忍的河水，
它们被湿婆精液灼痛，
戾气冲天，汹涌沸腾。（42）

当世界之眼的太阳
准备微微露出曦光，
昂宿六女在磨伽月
前往天神之河沐浴。①（43）

_____

① "昂宿"（kṛttikā）是金牛座中的疏散星团，由几百颗恒星组成，其中六
颗肉眼可见，在印度神话中人格化为鸠摩罗的六位乳母。"磨伽月"
（māgha）对应印历十一月，公历一月至二月。

恒河掀起上百股巨浪，

晶莹洁白、上摩云霄，

仿佛正向凝视、沐浴、

漱口的众神历历倾诉。（44）

杜尔婆草、谷物和花簇，

沿着恒河外的堤岸散布，

足够那经过沐浴净化的

七位大仙用来敬献祭品。（45）

这条圣河常有仙人光临，

他们一心一意修行瑜伽，

专心沉思梵，保持梵坐，

陷入瑜伽眠，身覆披巾。（46）

还有梵仙①在此卜居，

他们吟诵至高的梵，

用趾尖站立在地上，

目光紧紧盯住太阳。（47）

看到神圣的恒河女神，

_____

① 印度古代神话一般将仙人分为三类：天仙、梵仙和王仙。

昂宿六天女由衷欣喜。
当目睹这条甘露之河，
试问谁会不欢天喜地？（48）

她们个个高兴万分，
心中对她怀抱虔信，
湿婆用头承接恒河，
看见她就生成功德。（49）

恒河女神涤净罪恶，
从毗湿奴脚上流出，
传授给人解脱之道，
她们深深俯首敬拜。（50）

她们在此虔诚赞美她，
对天国之河满怀崇信，
据说她是解脱的保证，
幸运之人能轻易靠近。（51）

一接触女人就获得解脱，
纯净的河水知道这讯息。
她们在此入水涤尽尘垢，
沐浴净化获得苦行热力。（52）

依靠十足的幸运顺利到达，
她们在这天国圣河里沐浴，
对于实现人生目的的自己，
她们不胜欢欣、敬佩不已。（53）

然后，因为昴宿六女
在恒河之中净身沐浴，
湿婆那不落空的精液
立刻转移到她们身体。（54）

身携湿婆那自性为火、
令人难以忍受的精液，
她们遭受痛苦的灼热，
犹如在毒药之海浸泡。（55）

承受不住难忍的精液，
昴宿女感到痛苦不已，
如同体内有烈火燃烧，
她们纷纷从水中逃离。（56）

湿婆的种子闪耀光彩，
不会落空、能量巨大，
它们立刻被恒河抛开，

入昴宿子宫孕育成胎。(57)

机敏的昴宿六女深知她们
不能承受孕育成胎的精液,
出于羞愧和对丈夫的恐慌,
她们顿时陷入深深的沮丧。(58)

于是,心怀羞惭和惊恐,
她们将从自己子宫里面
生出的胎儿弃置芦苇丛,
然后就逃回各自的家中。(59)

这胎儿被一同现身的昴宿六天女丢弃在芦苇丛里,
刹那间迸射出柔和光华,似映入空中的一痕月牙,
他天生闪耀着无限光芒,堪比一百颗炫目的太阳,
他出生就拥有六张面孔,欲与湿婆之父①一较高下。(60)

---

① 湿婆之父指梵天。根据印度神话,梵天头顶的第五张脸曾被湿婆砍
下,其中一个传说版本是:当梵天要求湿婆做他儿子时,湿婆很生气,
诅咒说:"我会做你儿子,但我会砍下你的第五颗头。"

第十一章

因陀罗为首的全体天神，
毕恭毕敬前来求助恒河。
恒河迅速化作人形现身，
乳房涨满甘露供他吸吮。（1）

吮吸她双乳的汩汩甘露，
他时时刻刻在茁壮成长，
据说受到昴宿六女照料，
他获得超凡脱俗①的形貌。（2）

恒河、火神和众昴宿，
眼里盈满喜悦的泪水，

---

① "超凡脱俗"对应的原词是"kāmapi"，其字面义是"（不能明确描述的）某种"，指塞建陀的形貌妙不可言。根据悉达罗摩的注释，该词可理解为"超凡脱俗"。

彼此间爆发激烈争执，
都要带走这神的儿子。（3）

与此同时，湿婆偕同
山王的女儿随意游荡，
他们乘天车飞入天空，
迅速到来，快过思想。（4）

雪山之女和山主亲眼看到
这出生仅六天的六面小童，
涌起一腔天然的舐犊深情，
眼中落泪，心中喜悦渐盈。（5）

然后，女神对头戴新月的湿婆说：
"眼前这个容貌非凡的孩子是谁？
或者世间最有福气的男子是谁？
他那位最幸运的母亲又会是谁？（6）

"那天国圣河、这一位火神
和这些昴宿为何争辩斗嘴：
'这是我儿子，不是你儿子'
就像这样无谓地针锋相对？（7）

"这孩子是整个三界的吉祥志，
主人，他是这些人中谁的儿子？
抑或是天神、提迭、健达缚、蛇、
悉陀、罗刹之中哪一个的子嗣？"(8)

头戴新月的湿婆大神听完
好奇的心上人这一番言论，
面带纯净笑容，光彩照人，
吐露令人狂喜幸福的话音：(9)

"这位英雄为三界带来欢畅，
为天神带来福气，吉祥女啊，
他是你这英雄之母的儿郎。
除了你别人怎会创造出他？(10)

"世间的吉祥歌为他唱，
你就是他降生的因由，
女神啊，请你切实思量：
宝石就应该产自海洋。(11)

"因此，请你专心聆听：
精液被我抛洒给火神，
火神入水时流入恒河，

然后粘上众昴宿之身。(12)

"它孕育成胎,不会落空,
被她们交付给芦苇丛,
他在那里诞生,令所有
动与不动物空前欢腾。(13)

"有这令全世界悦目的孩子,
你就在骄子之母当中称雄,
山王的女儿啊,不要迟疑,
快将自己的儿子搂入怀中。"(14)

于是,听湿婆大神这样说,
一切动物与不动物的母亲、
山王丰腴的女儿无比快乐,
立刻激动地走下天国飞车。(15)

全体天神都站在空中,
双手合十高举到冠顶,
迅速向一心渴望拥抱
儿子的女神鞠躬致敬。① (16)

---

① 第15、16两节诗语法和语意交错杂糅,这里为求体例统一,分作两节。

尽管恒河、火神和昴宿六女等
纷纷双手合十，对她俯身礼敬，
她却抛下他们，急忙走向儿子。
喜得贵子之时，谁不如醉如醒？（17）

喜悦的泪水溢满她的双眼，
儿子虽在眼前却一时难见，
她伸出花蕾素手轻轻抚摸，
获得某种前所未有的欢忏。（18）

这童子进入女神的视野，
她心中胀满舐犊的爱意，
睁大的眼里有欢喜惊奇，
因泪水涌出而漾起涟漪。（19）

注视儿子片刻，她渴盼
获得一千只不眨动的眼。
纵然有幸时刻看到儿郎，
谁能对此感到心足意满？（20）

由谦恭的天神和阿修罗引领，
高利伸出莲花双手接过婴孩，
将宛若冉冉初升的满月一般

可爱的儿子揽入自己的胸怀。(21)

怀抱举世无双的伟大勇士、
自己如甘露宝藏般的独子，
月亮脸女神受人爱戴尊敬，
在有子的母亲中首屈一指。(22)

她沐浴着天然母爱的洪流，
胸中胀满狂喜的甘露琼酿，
面对自己怀中的独生儿子，
举世无双的母亲流下乳浆。(23)

昴宿的儿子①吮吸整个
三界之母的乳汁甘露，
惹得恒河与昴宿六女
满怀渴望地频频注目。(24)

湿婆妻子眼含幸福的泪水，
用一张莲花嘴唇依次亲吻
儿子的六面，面上闪耀着
同根茎上一簇莲花的辉光。(25)

----

① 战神塞建陀有许多别称，其中一个是"昴宿之子"(kārttikeya)，此处诗中用的是"有六位乳母的"(ṣāṇmātura)一词，即指昴宿之子。

波哩婆提怀抱爱子光华四射，
好像东方天际映现一痕新月，
又如弥卢山的藤蔓结出金果，
还似天国圣河绽放莲花一朵。（26）

将孩子搂在自己怀中，
这女神凭靠心满意得、
控制自我的湿婆搀扶，
登上摩霄接云的天车。（27）

湿婆神兴奋得汗毛竖立，
从雪山女怀里接过儿子，
怀着对儿子的舐犊爱意，
他俩你方接来我又抱起。（28）

雪山之女怀抱着圣洁的儿子、
她双眼啜饮甘露的唯一来源，①
偎依在头戴新月的湿婆怀里，
凭借天车的助力迅速往家赶。（29）

---

① "来源"对应的原词是"satra"，其字面义为"祭祀"，根据悉达罗摩的注释，它意指"源源不断地提供"，故译作"来源"。这句是说雪山之女注视儿子，如同啜饮甘露，永不满足。

湿婆神居住在自己位于
水晶山之巅的迷人宫殿，
命令以钵罗摩特①为首的
大批侍从举办盛大庆典。（30）

这位湿婆大神的全体侍从，
个个无比欢喜，才能出众，
于是，他们开始准备庆典，
祝贺山王之女的儿子降生。（31）

侍从们在水晶宫殿中，
竖起优美的黄金拱门，
上面盘绕着萨陀那②花，
闪耀的光辉漫天洒下。（32）

然后，鼓声隆隆，深沉回荡，
如同被镇守四方的天神的
侍从擂响，传遍四面八方，
能够昭告大地节日的盛况。（33）

健达缚和持明的美女们

---

① 参见 7.95 脚注。
② "萨陀那"（saṃtāna）是天国的一种神树。

云集在欢庆节日的宫邸，

受到山王之女礼敬尊重，

她们唱起了吉祥的歌曲。（34）

手中捧着装有吉祥贺礼的容器，

众位神母如慈母般走近这孩童，

将杜瓦尔草和谷物放在他头顶，

然后把波哩婆提之子揽入怀中。（35）

当鼓乐①声奏响，天女们

伴随韵律优美的歌唱，

感情投入地翩翩起舞，

饱含情味，衔接流畅。（36）

值此佳节，惠风吹拂，

四方澄澈，无垢水清，

祭火熊熊不生烟雾，

空中霎时变得明净。（37）

混杂螺号的声声低鸣，

鼓声高亢在宫殿响起。

---

① 此处提到了三种鼓，分别是"aṅkya""āliṅgya"和"ūrdhvaka"，译文从略。

天神在空中撒下花簇，
乘大队天车纷纷离去。(38)

大自在天与雪山之女儿子的
生日庆典就像这样一一举行，
使整个动与不动的世界欢腾，
唯有多罗迦的权威遭到撼动。(39)

这孩子玩耍各种各样游戏，
天真稚气，为人带来乐趣，
俘获山主和高利女神的心。
童嬉怎会不令人心生欢愉？(40)

儿子的嘴巴未长牙齿，
可爱迷人，大自在天
和雪山之女满怀欢欣，
贪婪地逐一深深亲吻。(41)

这孩子开始玩耍学步，
时而踉跄，时而踏实，
时而蹒跚，时而稳固，
增添父母二人的欣怡。(42)

月亮脸闪现无来由的笑容，
在庭院里嬉耍而灰土满身，
不断咿呀儿语，意义难明，
他坐在父母膝头逗乐双亲。（43）

抓住湿婆坐骑的牛角，
戏触乌玛的长毛狮子，
扯婆利耆的纤软顶髻，
他为父母带来了欢喜。（44）

湿婆的儿子坐在他膝头，
稚拙天真地撅起了嘴巴，
他从一到十胡乱地数起
湿婆脖颈上大蛇的利牙。（45）

这孩子将手指伸进湿婆
颈上骷髅花环的口腔里，
他猛烈地用力扳动牙齿，
误以为那是珍珠一粒粒。（46）

他将自己的莲花手深深插入
湿婆头顶承接的恒河的波澜，
体味其清凉，手冻得发麻时，

又在父亲前额的火眼里烘暖。(47)

湿婆的脖子微微弯曲，
盘结的发髻顺势垂下，
他心生好奇，久久抚摸
低悬可爱的顶冠月牙。(48)

就这样，雪山的女儿和山主
对幼子的天真顽皮着迷不已，
沉浸于摄人心魄的唯一乐趣，
他俩一度分不清白天和夜里。(49)

就这样，这孩子醉心于各种儿童游戏，
花样繁多、可爱迷人，令人欢喜至极，
他威力非凡，在第六天获得无上智慧，
步入青春，借此精通一切学问和武器。(50)

第十二章

尝尽残暴的阿修罗折磨之苦，
如今，舍姬之夫偕所有天神
前来向安陀迦之敌①寻求帮助，
如同焦渴的饮雨鸟来寻雨云。（1）

因陀罗畏惧强敌而望风披靡，
勉强从雨云嬉戏的天路降下，
前往经山主湿婆和女神高利
踏足而获得净化的神山圣地。（2）

借助摩多梨②的伸手相搀，
天王因陀罗走下了云车，
前往持三叉戟者的宫殿，

---

① "安陀伽之敌"（andhakāri）是湿婆的一个称号。
② "摩多梨"（mātali）是因陀罗的车夫。

如炎夏干渴者奔向水源。(3)

在水晶山地面四处漫步,
他看到自己纵孑然孤独,
却随处反射出重重倒影,
然后他来到湿婆的住处。(4)

他抵达湿婆宫院入口,
那里有侍从难底把守,
手执威力慑人的金杖,
上嵌缤纷闪烁的珠宝。(5)

难底将金杖靠在院墙上,
就立刻迎向因陀罗天王,
他恭敬有加对天王讨好,
然后亲自去向湿婆禀告。(6)

世界之主扬眉表示应许,
于是,难底在前面带路,
引领因陀罗和众位天神
进入他富丽堂皇的住处。(7)

在镶嵌宝石的集会大厅里,

千眼天神因陀罗拜见湿婆，
旃地①和婆利耆率领尊贵的
仆从环侍左右，形貌各异。(8)

他顶髻高耸，由蛇王束起，
被蛇冠宝石照得光彩熠熠，
相比闪烁矿石的弥卢山峰，
湿婆的发髻足可一较高低。(9)

他的头顶有恒河环绕盘旋，
在发髻边缘涌起波浪花环，
泛起的泡沫洁白有如秋云，
似讥笑他怀中的高利女神。②(10)

因倒映于恒河的粼粼波浪，
他头上的新月也浮影重重，
经过雪白摇曳的光束照亮，
月牙闪动皎洁似霜的辉光。(11)

---

① "旃地"(caṇḍi)是女神杜尔迦(durgā)的别称。
② 梵语诗歌中常以白色比喻笑容，这里描写恒河的泡沫洁白，仿佛是她
  在露齿讥笑。

他额前的眼睛灿烂炳焕，
映得日月双目光彩昏昏，
犹如那时代末日的烈焰
烧毁有鳄鱼旗徽的爱神。（12）

仿佛有日月争相奉侍，
扮成耳环装饰他双耳，
上面镶嵌珍贵的宝石，
光环闪耀，流彩四溢。（13）

他的蓝色脖颈光芒四射，
照耀得全身也熠熠璀璨，
犹如高利女神心生好奇，
为他戴上了蓝宝石项圈。（14）

涂抹惨遭死神折磨的天神
和阿修罗们的火葬堆余烬，
他浑身灰白，披覆大象皮，
像云蒸雾绕的雪山般美丽。（15）

湿婆手持梵天头颅做的容器，
受到住毗恭吒的毗湿奴侍奉，
佩戴人骨碎块，当作是装饰，

高举着置敌于死地的三叉戟。①（16）

古老的婆罗门头颅串成的花环

戴在他的脖颈上，它们沐浴着

他顶冠上新月倾泻的甘露洪流，

恢复知觉，重获呼吸，唱诵吠陀。（17）

偎入他怀中的山王之女千娇百媚，

犹如新金打造的蔓藤般灼灼生辉，

湿婆有她映衬而光彩照人，好像

一团秋云被疾速闪烁的电光照亮。（18）

他手执旁人举不起的三叉戟，

它夺走了傲慢的安陀迦性命，

让大阿修罗夫人成丧偶寡妻，

过去曾把烧毁爱神当作儿戏。（19）

吉祥座镶嵌珍贵红宝石，

他坐在上面，脚踏金凳，

挥动皎洁如月光的麈尾，

身边两位侍从为他扇风。（20）

---

① 传说湿婆曾砍掉梵天的脑袋，于是手持梵天头颅就成了湿婆的一种标志。"毗恭吒"（vaikuṇṭha）既是毗湿奴的称号，也指他居住的天界。

鸠摩罗出世

他注视着鸠摩罗，目露喜意，
只见他一心操练箭术和武器，
前来观赏的侍从们莫不惊奇，
水晶山闪烁光辉似向他敬礼。（21）

看见湿婆这般景象，
天王瞬间满怀激动。①
亲眼目睹灿烂辉光，
有谁不会心旌摇荡？（22）

天国之主的一千只眼睛，
美丽得好像盛开的莲丛，
他目视湿婆，汗毛竖立，
好似芒果树，花枝繁密。（23）

眨动一千只眼注视湿婆，
伟大的因陀罗十分满足，
他随即发觉全身的丑陋，
似乎连爱妻也会被激怒。②（24）

---

① 这两句诗中，诗人有意使用"雪山的女婿"（śailasutādhinātha）和"布罗曼的女婿"（pulomaputrīdayita）两个称号分别指代湿婆和天王因陀罗。
② 因陀罗的一千只眼睛遍布他全身，上文又说他全身"汗毛竖立"，因此显得分外丑陋。

201

然后,看见鸠摩罗手执

箭和武器,站在湿婆身旁,

身上凝聚弥卢山的精华,

因陀罗就心知克敌有望。(25)

于是,将金杖放在门边,

难底双手合十恭敬上前,

对这爱神之敌一一回禀:

"眼前有人想接受您恩典。(26)

"光辉四射的青颈湿婆啊,

天王寻找机会向你致敬,

三眼神啊,他就在面前,

请降恩把这千眼神看看。"①(27)

随后,受三界敬奉的湿婆②

向曾受天神敬奉的因陀罗

投来欢喜的目光以示迎迓,

目光宛若流淌甘露的精华。(28)

---

① 此处为求语意顺畅,翻译时将原文第 26、27 两节诗顺序颠倒。

② 为求谐音庄严,该句诗中"湿婆"用的是"三城阿修罗之敌"(tripurāsurāri)
这一称号。

这天国唯一可敬的神祇俯首，
敬拜世间唯一可敬的神中神，
一簇簇盛开的波利迦多鲜花
从因陀罗的顶冠上飘然落下。（29）

大自在天乃三界之中
唯一值得敬拜的神祇，
因陀罗虔诚向他致敬，
感到无上圣洁的满意。（30）

然后，众天神满怀虔诚，
排在侍从队前深深俯首，
他们依次站立，靠近脚蹬，
向这三城之敌行礼致敬。（31）

当侍从搬来光辉的金座，
因陀罗遵照主人的指示，
在他面前落座，高兴不已。
主人施予恩惠，谁不欢喜？（32）

湿婆为表尊敬，还依次
微笑注目其他所有天神，
坐在他的视线范围之内，

他们全都感到特别称心。（33）

然后，湿婆看到因陀罗率领的
这群天神双手合十，脸色疲倦，
被阿修罗彻底击溃，神光黯淡，
他心生怜悯，满腹柔情地开言：（34）

"哎呀呀，天国居民啊，你们
携带伟大勇士才配持有的武器，
具备无边威力，怎么面色枯槁，
好似莲花遭受霜雪侵袭而凋敝？（35）

"天神啊，既然有大量功德，
你们怎么还会从天国坠落？
尔等不可将象征自己权力、
长期携带的标志①悉数抛舍。（36）

"天国居民啊，为何你们
舍弃天宫，混同于凡人？
为何你们曾经趾高气扬，
如今却在大地四处游荡？（37）

---

① "（权力）标志"参见 7.45 脚注。

"那座天神的宫殿高大巍峨，
美轮美奂，设计与众不同，
如同长期积累收获的功德，
你们因何犯错忽将它失落？（38）

"天神啊，为何你们就这样
失去内心坚不可摧的勇气，
圣者啊，如同深不可测的
池塘因遇暑热而蒸干池水？（39）

"众天神啊，你们一同历经磨难，
在因陀罗的率领下齐聚到这里，
那就请说说你们为何与多罗迦、
征服三界的大阿修罗势不两立。（40）

"凭我一人之力就能够阻遏
这大阿修罗对你们的羞辱，
除去大团乌云，谁能禳除
森林大火持续燃烧的灾祸？"（41）

毁灭爱神的湿婆这般言讫，
以因陀罗为首的众位天神
立刻安心落意，喜极而泣，

泪水涟涟的脸上光彩熠熠。（42）

然后，当湿婆的话音刚落，
因陀罗抓住机会开口诉说，
时机适宜时说出来的言辞，
定会催生繁荣，结满硕果：（43）

"全知者啊，依靠驱散黑暗、
永远闪亮不灭的智慧之光，
无论过去、现在还是未来，
所有这一切你都能够洞悉。（44）

"请告诉我们，难道你不知悉
诛杀天神的魔头多罗迦依靠
难以抵挡、无法承受的手臂，
攫取天国王权，将我们驱离？（45）

"从造物主那里获得不落空的恩惠，
这位妄图征服三界的多罗迦顿时
自恃壮如棍棒的手臂而乖张暴戾，
将以我为首的所有天神视如草芥。①（46）

"过去，我们曾歌功颂德，

---

① 这里的"造物主"指的是梵天。

敬奉梵天,他告诉吾辈:
湿婆的儿子会统帅军队,
对阵时消灭眼前这提逵。(47)

"天啊,从那以后直到而今,
这些人虽贵为天神,却隐忍
难以承受、被他羞辱的苦痛,
还有他如穿心利箭般的命令。(48)

"请亲自指派这让你欢喜的
儿子担任我们的军队统帅,
他犹如一团新云降下甘霖,
滋润不堪暑热枯萎的药草。(49)

"战斗中他会冲在我们前面,
连根拔起多罗迦这支扎在
三界王权心头唯一的利箭,
彻底消除我们的痛苦麻烦。(50)

"主人啊,就让这天地十方
回荡大阿修罗妻子的哭喊,
她们夫婿的脖颈在大战中
被你儿子的锋利武器砍断。(51)

"当你的儿子将这阿修罗
变为牺牲在战场上献祭，
就让这群天神解开那些
身陷囹圄的美女的发髻。"(52)

湿婆听因陀罗这样说完，
被天神之敌的恶行激怒，
对三十三天神心生哀怜，
这万物之主又再次开言：(53)

"以因陀罗为首的众神啊，
请你们听我说：我湿婆
同儿子等人已做好准备，
去努力完成你们的事业。(54)

"过去，虽然我曾控制自我，
但还是迎娶山王之女为妻，
我这么做的原因是：无疑，
她生的勇士会置敌于死地。(55)

"因此你们举事正合时宜：
委派这鸠摩罗统领大军，
然后你们都要奋勇杀敌，

让天王及众神重享天国。"(56)

当尊者湿婆这样说完，

其子正期盼战争盛典，

他对着儿子谆谆叮咛：

"此战定要取神敌性命！"(57)

这一位鸠摩罗俯首致敬，

接受了兽主湿婆的命令，

对事事孝敬父亲者而言，

这确实就是最高的正法。(58)

当众神之主、兽主湿婆像这般

嘱咐儿子与阿修罗们决一死战，

雪山之女心花怒放。儿子骠悍，

试问哪位英雄的母亲不觉欣忭？(59)

获得乌玛丈夫这孔武有力的英勇儿子，

因陀罗顿生狂喜。这孩子赐世界无惧，

能让多罗迦妻子们的黑眼膏融化破碎。①

的确，当心愿获得满足，谁不陶醉欢愉？(60)

---

① "让多罗迦妻子们的黑眼膏融化破碎"指鸠摩罗将杀死她们的丈夫，让
她们哀恸流泪，模糊黑眼膏。

第十三章

身穿适合出行的盛装，

后面跟随着一群神祇，

鸠摩罗于是俯首膜拜，

向三界之主行触足礼。(1)

湿婆亲吻俯身敬拜的儿子头顶，

满怀喜悦地祝福道："孩子啊，

勇士啊，愿你杀死因陀罗之敌，

确保众神之主的地位一直稳固。"①(2)

他深深俯首，毕恭毕敬，

礼拜了自己母亲的双足。

她喜悦的泪水滂沱而倾，

---

① "因陀罗之敌"（indraśatru）就是指魔王多罗迦。"众神之主"（amareśa）
既是湿婆的称号，也是因陀罗的称号。

就是为这勇士之王灌顶。(3)

这位雪山的女儿舐犊情深，
将他揽入怀中抱紧，亲吻
他头顶后说道："战胜敌人，
让我这英雄之母满意称心。"(4)

鸠摩罗是狂妄魔王的灾星，
一片丹心投身战争的节庆，
他辞别山主和雪山之女时
满怀虔诚，出发奔赴天庭。(5)

因陀罗率领所有神众
也向大神和雪山神女
俯首致敬，右绕而行，
然后跟随鸠摩罗出征。(6)

于是，所有天神一同出行，
身上光环闪烁，大放光明，
映得天空璀璨，纵使白天，
也像到处缀满灼灼的繁星。(7)

在前行的天神们正中，

鸠摩罗浑身光彩倍增，

如同在群星①环绕之下，

当空照耀的一轮月明。（8）

布罗曼②的女婿率其他神众，

偕同山主和高利女神之子，

倏忽一瞬就越过茫茫星空，

抵达匹配自己的天界苍穹。（9）

因对大阿修罗心怀畏怯，

所有天神承受不住立即

踏进久别重逢后的天界，

这一刻都变得犹豫不决。（10）

"你在前，我不在前。"

"你先走，我不先走。"

众神此刻都心惊胆战，

为进入天国争吵不休。（11）

---

① 该句诗中出现了几种星："nakṣatra"通常指星宿，"tārā"泛指星星，"graha"指行星。译文从略，以"群星"指代。

② 据印度神话，布罗曼是一位罗刹，曾爱上婆利古仙人的妻子，因陀罗的妻子舍姬是他的女儿。

因为得见天国而雀跃心欢，
众神的眼中透出笑意粲然；
又因惧怕强敌而目露胆怯，
视线追随鸠摩罗的莲花脸。（12）

然后，正要冲锋的鸠摩罗，
月亮脸布满顽皮的微笑，
这位渴望迎战多罗迦的
沙场英豪对天神们宣告：（13）

"天国居民啊，现在别怕，
请你们立刻进入天国吧！
就让你们见识过的仇家、
大阿修罗来让我见一下。（14）

"他浑圆的手臂凶猛地挥舞，
拉扯天界吉祥女神的头发。
就让我这些利箭立刻在此
饮下他的鲜血，形同玩耍。（15）

"我这长矛凝聚威力精华，
它威震四方，所向披靡，
就让它为吉祥女神消灾，

砍下敌首,赐你们欢喜。"(16)

安陀迦敌人之子一心求战、
欲杀提迭。听他这样说完,
这群天神个个都欢喜踊跃,
莲花脸上绽放出灿烂笑颜。(17)

因陀罗浑身千只眼圆睁,
因欣喜若狂而汗毛竖起,
他姿态优美,用自己的
衣衫交换鸠摩罗的上衣。①(18)

然后,太初古老的创造主梵天,
眼中涌动着喜极而泣的泪水,
他十分平静地用四张嘴亲吻
六面童子的六首,煞是奇妙。(19)

一群群的健达缚、持明和悉陀
满怀喜悦,到处赞美湿婆之子:
"善哉善哉!"然后好言取悦他:
"大英雄啊,祝愿你旗开得胜!"(20)

---

① 交换衣服是印度古代的一种习俗,表达关系亲密、欲结兄弟之谊的
意思。

以那罗陀为首的众位神仙，
盛赞这行将克敌制胜之人，
然后，用自己的树皮衣衫
和鸠摩罗的金上衣来交换。（21）

于是，倚仗这手持长矛的勇将，
众神抛下恐惧，壮胆进入天庭，
如同依靠力大无边的象中之王，
群象鼓足勇气，纷纷踏入森林。（22）

鸠摩罗欲杀因陀罗之敌，
众天神紧随他身后启程，
像钵罗摩特等侍从簇拥
欲烧毁三城的湿婆出行。（23）

天国居民抵达天国圣河，
金黄的河水在面前涨满，
只因天国美女热衷戏水，
不断冲洗掉身上的香膏。（24）

方位神象们也醉心戏水，
用象鼻拍打起惊涛骇浪，
不断冲刷沿河岸生长的

大树根部的一排排水汪。(25)

河岸上遍布美丽的祭坛，
由喜好游乐的天女修建，
金沙筑的祭坛高高耸立，
里面有颗颗红宝石镶嵌。(26)

一朵朵金莲盛开在河中，
上面有贪香的蜜蜂低鸣，
随着金天鹅的嬉戏摇晃，
飘落的花粉将河水染黄。(27)

美丽的天女们心怀好奇，
纷纷赶到岸边驻足观看，
重重倒影在波浪里映现，
恒河以此赐予行人欣忭。(28)

看到这久违的天国圣河，
因陀罗顿时就心头快活，
他走上前去，恭恭敬敬，
指示恒河给神子鸠摩罗。(29)

在所有天神环绕之下，

鸠摩罗出世

迦绨吉夜①观赏着眼前

这条前所未见的恒河，

心生惊奇，笑意满眼。（30）

鸠摩罗满怀虔诚，举步近前，

双手合十，放在顶冠的边缘，

赞美这条被群神歌颂的河流，

他无比欢喜，向它致敬俯首。（31）

拂动排排盛开的莲花，

拥抱积聚回旋的巨浪，

吹干颊边疲惫的汗水，

恒河上的风供他安享。（32）

然后，爱神之敌的儿子来到

因陀罗名为欢喜园的游乐苑，

看到面前一片片的娑罗树林

被连根拔起，到处叶败枝残。（33）

一想到钵罗之敌的这座园林

被神敌这般摧残，光辉黯淡，

---

① "迦绨吉夜"（kārttikeya）是鸠摩罗的一个称号，意为"吉提迦（昂宿）之子"。

他怒火中烧,眼睛变得通红,

紧皱起眉头,面容扭曲难看。(34)

鸠摩罗目睹阿摩罗伐底天城①

这举世无双的精华遭遇劫难,

天车之路难行,游乐苑被伐,

一重重殿宇都化为断壁残垣。(35)

看到天城被强敌征服,

风光尽失,陷入惨境,

如同失去丈夫的妇女,

他心生悲天悯人之情。(36)

他对作恶的神敌愤愤不平,

毫不气馁,渴望与他交锋。

看到天王的都城这般光景,

鸠摩罗偕同众神一起进城。(37)

他看到鳞次栉比的水晶宫

窗格上挂满了大蛇的蜕皮,

内部被魔象的一排排巨齿

---

① "阿摩罗伐底"(amarāvatī)是因陀罗和众神居住的神城。

掘得稀烂,顿时陷入颓靡。（38）

一株株金莲花被连根拔起,
方位象的颧颥汁玷污池水。
一群群金天鹅弃此地而去,
巨大的琉璃石板支离破碎。（39）

荒草呈现新绿,遍地疯长,
眼见因陀罗的游乐殿池塘
惨遭敌人蹂躏,陷入灾厄,
他承受消沉与羞愧的重荷。（40）

在前面带路的天王引领他
来到自己名为常胜的殿堂,
那里宝石网缦上遍覆蛛网,
魔王大象的长牙捣毁金墙。（41）

前方有天王为他指引路径,
身后有全体天神紧随趋奉,
他沿着阶梯进入这座宫阙,
阶上缤纷的宝石遭到撬窃。（42）

他走进天女已入的宫殿,

那里缀满波利质多花蔓，

竖起天然的如意树拱门，

还有神圣牟尼献上祝愿。（43）

面对迦叶波大仙这一位

天神与阿修罗族中始祖，

他双手合十，右绕而行，

俯下六首顶礼他的双足。（44）

面对这大仙之妻、众神之母①，

雪山女儿之子满怀虔诚俯身，

礼敬她的双足，它们就应该

像这样接受举世无双的敬慕。（45）

众神之母和迦叶波大仙

二人送上祝福为他增光，

他将借此战胜骁勇善战、

欲克三界的多罗迦魔王。（46）

他顶礼膜拜来看望自己、

侍奉阿底提的美丽女神，

①　迦叶波大仙之妻、众神之母指的是阿底提，参见 2.24 脚注。

而这些敬重夫婿的贞妇
也献上祝词欢迎他莅临。(47)

然后,这爱神之敌的儿子
向名为舍姬的布罗曼之女、
众神之主的妻子俯身行礼,
她也对鸠摩罗奉献上祝福。(48)

阿底提和丈夫的其他妻妾①,
连同七位神母都满怀喜悦,
虔诚地走向大自在天之子,
向面前行礼之人送上祝福。(49)

以因陀罗为首的所有天神
也都心花怒放,齐聚一堂,
他们心中的喜悦汹涌澎湃②,
为他灌顶成为军队的统帅。(50)

因这湿婆的儿子威力无边,

---

① 迦叶波(kaśyapa)有许多妻妾,其中还包括阿底提的姊妹。
② 该句诗中的"ānandakallolitamānasa"这个复合词有两种解读,一种是
"内心的喜悦如潮涌动",另一种是"喜悦如潮水涌动的摩那娑湖一
般",此处取前一种意思。

掌握天神全军的完整兵权，
整个天界都扫净千愁万绪，
升起克敌希望，赢得战机。（51）

第十四章

鸠摩罗急于交战,求胜心切,
众天神受他激励,精诚团结,
准备施展武力,迅速地消灭
名为多罗迦的大阿修罗冤孽。(1)

当时,鸠摩罗手持弓和长矛,
登上叫毗吉多罗①的伟大战车,
这战车快过思想,势不可挡,
能带来胜利女神,难以抵抗。(2)

有位天神在他头顶撑开
能摧毁对手的黄金华盖,
它为天国王权禳灾除祸,
让神敌的好运遭受折磨。(3)

---

① "毗吉多罗"(vijitvara)意为"胜利"。

前方紧那罗、悉陀和天国歌手
挥动优美动人的拂尘为他扇凉，
拂尘洁白好似秋月摇曳的清辉，
他们高声赞扬战斗心切的儿郎。（4）

接着，天王因陀罗紧随其后，
他身穿适合出征的迷人衣裳，
手持斩断群山翅膀的金刚杵，
骑上似水晶山的爱罗婆多象。（5）

阿耆尼手持光芒四射的武器，
因为憎恶多罗迦而火冒三丈，
身骑大如山峰的骄横的公羊，
他紧紧追随在鸠摩罗的后方。（6）

太阳之子法王阎摩手持刑杖，
骑着一只犄角刺破暖暖云头、
体形威猛如蓝宝石山的水牛，
兴高采烈地跟在鸠摩罗身后。（7）

因为憎恨多罗迦而狰狞至极，

尼内多①骑着趾高气扬的饿鬼，

跟随安陀迦之敌的这个儿子，

去参加一场残酷激烈的战役。（8）

在战场上扬威驰骋的伐楼那

手持所向披靡的套索，骑着

外观可怕如初升乌云的巨鳄，

随摧毁三城者之子执锐操戈。（9）

风神渴望投入战争游戏，

登上一头顷刻腾空而起、

自由驰骋的矫健的雄鹿，

迅速追随大自在天之子。（10）

骑在凡人身上的俱毗罗手持

嗜饮敌血、充满力量的棍棒，

跟随渴望出征、激动地投入

大战海洋的湿婆之子鸠摩罗。（11）

楼陀罗②们的发髻被大蛇束起，

---

① 根据《摩诃婆罗多》9.46.27，尼内多（nairṛta）是西南方的罗刹族群。

② 据印度神话，楼陀罗神曾在梵天的命令下，将自身分作男、女二身。此
二身又各分为十一个个体。由男身所分的个体仍称作楼陀罗。这里
指的就是他们。

身跨宛如雪山一般的大公牛，
手持灼烁闪耀的利器三叉戟，
身携毕那迦弓，随他去战斗。（12）

其他一群群天神也整装待发，
一片赤诚加入这场大战节庆，
喜笑颜开的莲花脸光彩照人，
骑着威猛的坐骑跟随他前行。（13）

于是，持三叉戟者湿婆之子
率领天神们的大军威武出征，
熠熠生辉的五彩兵刃闪耀的
光环照亮四方穹窿下的天空。（14）

军队四处林立高举的金旗杆，
因华盖缤纷灿然而光辉闪耀，
因战车如乌云般轰鸣而可怖，
回荡大象的铃声和骇人吼叫。①（15）

天神的大军喧喧嚷嚷前进，
军中战旗如海、密集林立，

---

① 此处为求语意顺畅，翻译时将第 14、15 两节诗的顺序颠倒。

因此地平线、天穹和大地
变得浑然无间、屏住呼吸。（16）

战鼓擂动，密集的鼓点
响彻云霄，充塞了天空，
四面八方回荡隆隆巨响，
让神敌的吉祥女神惊恐。①（17）

天空布满军队扬起的团团灰尘，
回荡让多罗迦妻妾流产的鼓声，
胜过乳海被搅动时隆隆的轰响，
仿佛天空嚎啕大哭，哀哀悲鸣。（18）

弥卢金山上扬起的尘沙，
经战车碾压，马蹄踩踏，
经风吹旗摇，象耳扇动，
向四处散播，渐升天空。（19）

山麓处金土地上的尘土，
经拉车的骏马奋蹄践踏，
被呼啸的大风吹到远处，

---

① 吉祥女神象征王权，"神敌的吉祥女神"就是指多罗迦的王权。

呈现出的美景壮丽绝佳。(20)

然后,风中的金尘土
高高扬起,弥漫全军,
上下前后,八方四处,
胜过旭日的光辉夺目。(21)

金土地上的尘土被大军扬起,
飘浮在远方空中,闪闪发光,
犹如一团团聚涌而起的乌云,
被突现的日暮红霞染得棕黄。(22)

巨象们时常低头看见自己
投射在黄金地面上的倒影,
误当作是跃出地底的劲敌,
愤怒地利用树干象牙攻击。(23)

天军的大象优雅地前行,
被优质的黄丹粉末染黄,
看不见面前自己的倒影
映在金山光洁的地面上。(24)

就这样,天王因陀罗的军队

渐渐渴望在大战之海中嬉戏，
他们迅速从弥卢金山上下来，
喧嚣声铺天盖地，震撼洞罅。（25）

大军的战车发出剧烈响声，
晃动铃铛的象王怒吼咆哮，
狮子栖居在弥卢山洞穴中，
并未舍弃享受酣甜的美梦。（26）

狮子天生就是名副其实的兽王，
只因面对在山洞尽头不断回荡、
深沉可怕的鼓声和大车轮轰响，
它们依然沉着镇定、毫不慌张。（27）

因为天神的大军发出喧响，
声势浩大撕裂了弥卢山坡，
依仗身为英勇荣耀的兽王，
狮子们于是变得更加骄狂。（28）

面对天军的喧扰心生惧意，
野鹿迅速逃出很远的距离，
兽王漫不经心地踱出深穴，
它们全无胆怯，昂首挺立。（29）

阿摩罗伐底人满怀好奇，
同爱妻一道远远地望去，
只见天兵天将纷纷来到
弥卢山山麓的宽阔区域。（30）

弥卢山麓上的矿石粉末，
呈现黄黑赤白各种颜色，
到处弥漫飘扬，天空因此
轻易现出健达缚城幻象。（31）

天神的军队喧腾鼓噪，
产生的巨响撕裂耳道，
充斥宇内，使激荡的
大海翻涌起巨浪滔滔。（32）

巨象的深沉怒吼铺天盖地，
战马的长啸嘶鸣令人惶悚，
战车的隆隆轰响持续不停，
完全遮盖住了擂动的鼓声。（33）

神军掀起的尘土四散飞扬，
瞬间沾染了大阿修罗后宫
女眷的头发、睫毛和乳房，

落在旗幡和车马象的身上。（34）

一看到军队扬起的厚厚尘土
掩住太阳的光环，遮蔽天幕，
天鹅飞向摩那娑湖，孔雀们
喜悦起舞，误以为阴云密布。（35）

当天兵天将扬起的浓密灰尘
布满天空，如同一片片新云，
黄金打制成的大旗烈烈生辉，
像道道明亮的闪电光彩耀人。（36）

眼看着天地之间的广阔空域，
尘土纷纷扬扬，一团团肆虐，
人们心生疑惑：尘埃究竟是
从下往上飞还是从上往下落？（37）

军队扬起的尘土密集成团，
简直能够被针尖戳破刺穿，
完全遮蔽住了众生的视野，
上下前后左右全都看不见。（38）

各种乐器齐鸣，声声不断，

摧干远方大象的颢颥醉涎，
在天车的空隙间激越回荡，
天穹因此发出深沉的回响。（39）

庞大的军队遍布整个地面，
无处安身，涌向广阔天空，
那里因为拥挤也人满为患，
大军心中迷惘，无所适从。（40）

听到高大的骏马扬声嘶鸣，
津液恣流的象群发出吼叫，
如云驰骋的战车轮声隆隆，
世界似陷迷乱，屏气敛声。（41）

战斗激烈，大象深沉咆哮，
象铃摇晃，叮叮当当作响，
吼声一片，勇士群情激昂，
四面八方充斥着喧嚣扰攘。（42）

象王津液横流涌起了波澜，
一条条河流顿时漫溢泛滥，
洪流漫卷战马踏起的尘烟，
化作泥浆后被车碾成地面。（43）

经过驰骋的战马奋蹄踩踏，
又遭到象王和战车的碾压，
大地到处都变得坦途一片，
低洼处填平，高耸处凹下。（44）

世界充斥擂动的战鼓声，
在天际回响，令人惶恐，
撕裂开山坡，气势磅礴，
激荡着大海，嬉戏欢腾。（45）

风中招展的十万旌旗，
林立四方，不留空隙，
缀满丁零作响的金铃，
淹没在空中的尘海里。（46）

铃声大作，持续不断，
大象迷醉，怒吼连连，
震荡传播，使人悚然，
军鼓擂动，其声不显。（47）

太阳看到尘土充塞四方，
豁口传出喧嚣令人恐怖，
军队的嘈杂声沸反盈天，

它深陷尘暗消失在某处。（48）

方位女神被灰尘玷污，
又遭到士兵猛烈袭扰，
天空似出于满腔忌恨，
借鼓之回响怒吼咆哮。（49）

战象奔突，腾入霄汉，
仿佛暴风卷起的山峦，
战车抢地，宛若浓云，
战况的变化有如这般。（50）

君王随之俯冲，喧嚣令人丧胆，
天神的军队虽然拥塞天地之间，
依然不断增长，犹如无边汪洋
在阿修罗世界的众多劫末一般。①（51）

---

① "君王"（bhūbhṛt）一词还有"高山"的意思，这里语义双关，暗指劫末洪
水不断上涨漫涌，淹没包括阿修罗界在内的三界，高山亦深陷其中。

第十五章

"钵罗之敌已指派军队的元戎、
安陀迦之敌的儿子担任先锋,
率兵前来!"这消息传到耳畔,
惹得神敌阿修罗们心惊胆颤。(1)

听说湿婆之子率大军应战,
大阿修罗们心中久久难安。
他受到胜利女神虔心侍奉,
麾下天神的军队必然获胜。(2)

他们会聚在提迭之王的都城,
双手合十贴近顶冠俯身敬拜,
回禀说打败瞻婆①的因陀罗和
渴望战斗的鸠摩罗已经到来。(3)

_____

① 瞻婆(jambha),魔名,在交战中为因陀罗所杀。

"我号称整个三界的奴役者,
因陀罗打仗有几回败给我?
如今他有鸠摩罗大力襄赞,
定会获胜。"说完他讪笑连连。(4)

然后,这位多罗迦怒而唇颤,
渴望投身于征服三界的游戏,
命令那些对膂力洋洋得意的
将领们全副武装,准备出击。(5)

顷刻之间,魔军的将领们
全都整装待发,高举武器,
在多罗迦的庭院当中肃立,
那里还有恭敬的王公会集。(6)

这魔王看到面前众多战将
经守门人点名,俯身致敬,
他们拥有过人的强壮臂膀,
跃跃欲试搅动大战的汪洋。(7)

然后,这力士登上恐怖的战车出征,
战车能消耗钵罗之敌因陀罗的军力,
轰鸣摧干方位象的津涎,淹没吼声,

无论高山或大海皆不能阻挡它前行。（8）

军队跟随这位前进的君王，
喧嚣似时代末汹涌的海洋，
战旗林立翻飞，抵挡炎热，
满地扬尘吞噬烈日和远方。（9）

这大阿修罗朝着天神步步进逼，
军队扬起的尘土落向方位神象，
在它们的树干白牙上皓然生辉，
在津涎密布的颧颊上化成泥浆。（10）

他的部队鼓点密集，
响声洪壮撕裂山洞，
大海因此激荡漫溢，
天河突然波涛汹涌。（11）

魔王的大军喧嚣扰攘，
声声都扎入天国恒河，
河水掀起数百层波浪，
携莲花涤净天上殿阁。（12）

在正要进发的神敌面前，

一连串的征兆相继出现，

预示灾厄降临：你将会

陷入深不可测的苦海间。（13）

一排排凶鸟①令人胆战心慌，

渴望戏啖送上门来的提迭，

它们盘旋在神敌军队头上，

翱翔在空中却不遮挡炎阳。（14）

一阵狂风骤起，接二连三

不断吹折遮挡阳光的旗幡，

卷起地上的尘土迷住视线，

让晃动的车马象模糊不见。（15）

巨蛇突然穿过前方的路面，

它们形象狰狞，频频蜿蜒，

辉光四射如捣碎的黑眼膏，

张开大嘴喷吐出毒液烈焰。（16）

仿佛是出于对神敌的愤怒，

---

① 根据悉达罗摩的注释，"凶鸟"指秃鹫一类以腐尸为食的鸟。

日头①恐怖地闪现一圈光环，

似盘结的巨蛇般让人胆寒，

昭示多罗迦行将命丧魂断。（17）

在炎炎烈日的金轮前，

豺狼结伙，发出嗥叫，

仿佛渴望迅速地痛饮

魔王洒满战场的鲜血。（18）

世人看见光天化日之下，

流星也朝军队周围飞陨，

心中皆猜度神敌多罗迦

已大难临头，气数将尽。（19）

一柄雷杵自无云晴空坠落，

周围炽然生辉，光芒万丈，

将四方的穹窿照彻、点亮，

发出骇人轰鸣，撕裂心脏。（20）

天空倾泻燃烧的火炭雨，

---

① "日头"对应的原词是"prabhur dinānām"，字面义为"白天的主人"，也即太阳。汉语里有时也将太阳说成"日头"，正可对译。

夹杂着大量鲜血和碎骨，
四面八方到处迸射烈焰，
口吐灰若驴颈般的尘烟。（21）

旋风的呼号阵阵相连，
犹如死神的怒吼威吓，
刺破耳壁，削平山巅，
充斥苍穹的各方空间，（22）

激荡的海水劈开山体，
地面摇晃，乱象丛集，
敌军的士兵互相推挤，
巨象踉跄，战马倒地。（23）

所有猎狗都会聚一起，
仰视太阳，猖獗狂吠，
声裂耳根，相对悲泣，
从神敌面前凄惶逃离。（24）

尽管预示着残酷结局的恶兆
像这样接连不断在眼前出现，
惨遭噩运噬咬的阿修罗仍然
愤怒地全无退意，拼命向前。（25）

尽管畏惧预示残酷结局的恶兆，
尽管受到智者阻拦，大阿修罗
仍奋勇向前，圣贤有益的箴言
对盲目决断的人来说亦属枉然。（26）

他用来遮阳的黄金华盖，
被一股逆风刮落在地上，
如巨大的金盘闪耀光彩，
在死神进餐时派上用场。（27）

得知主人即将要人头落地，
他聪慧的顶冠似心生悲意，
忍不住痛哭流涕，扑簌簌
落下颗颗颤动的珍珠泪滴。（28）

秃鹫群纵使不断遭到驱离，
仍然跟在他周围盘旋不去，
朝他的头顶猛冲似欲抓捕，
传递出他行将死去的信息。（29）

人们乍见他的旗幡上有巨蛇出现，
光彩焕然好似捣碎的黑眼膏一般，
蛇冠上的宝珠闪耀着一圈圈光环，

嘶嘶声中喷出如干柴燃起的毒焰。（30）

在他雄伟的战车的车轭上，
大火无端燃起，烧得正旺，
拉车马的鬃毛、饰耳拂尘，
还有他的箭囊都纷纷遭殃。（31）

尽管这种种预示不详的恶兆
一再阻止这位大阿修罗前进，
但他被傲慢蒙蔽，不肯撤退。
这时从空中传来天神的话音：（32）

"盲目骄傲的人儿啊，不要自诩
手臂威猛如棒就去挑战必胜的
天神之师，他们由鸠摩罗统帅，
以因陀罗为首，铺天盖地而来。（33）

"古诃童子生下来仅仅六天，
也不容掉份与阿修罗交战，
好似太阳不容许夜的幽暗，
你为何非要跟他结下仇怨？（34）

"他曾放箭将麻鹬山劈开裂缝，①
那里隐没在广阔的地平线下，
周围环绕上百座摩云的山峰，
你为何一定要与他刀剑相争？（35）

"他从湿婆那里习得弓箭吠陀，
曾二十一次在两军交锋之际
用国王们黏稠的血水来沐浴，
然后才将满腔怒火勉强平息。（36）

"面对这三界中的勇士之冠，
连全体刹帝利的毁灭之夜②、
持斧罗摩都不敢向他发难，
你又怎么有机会与他对战？（37）

"狂妄的蠢货啊，赶快抛弃自负，
不要闯入湿婆之子的武力范围，
现在就去寻求这三界勇士庇护，
愿你这般行事，能保生命长驻。"（38）

---

① 麻鹬山为喜马拉雅山东部一支脉，位于印度阿萨姆邦北部；关于塞建陀劈开麻鹬山的传说亦见于《摩诃婆罗多》3.214 和 9.45。
② "毁灭之夜"指劫末大火焚毁世界的前夜，这里喻指持斧罗摩，传说他曾先后二十一次杀尽大地上的刹帝利。

这位大阿修罗心中骄狂至极，

甚至让整个三界都颤抖不已，

听见空中这番语重心长的话，

浑身颤抖，怒而朝天大放厥词：(39)

"你们这伙与鸠摩罗为伍、

在空中东游西荡的大神！

呸，说的什么话！难道如今

忘了我利箭留下的痛苦？(40)

"因为一个出生仅六天的小儿的威力，

空中诸神啊，为何你们就尖叫狂嚷？

似发情的猎狗在季秋月①的夜晚吠叫，

又如豺狼野兽们在林地里肆意咆哮。(41)

"这自从出生就可怜可悲的小子，

与你们沆瀣一气，注定命不久矣，

正如无辜之人与窃贼搅在一起，

因此我先干掉你们再将他杀死。"(42)

当多罗迦这样厉声说完，

_____

① "迦栗底迦月"(kārttika)指印历八月，又称"季秋之月"。

又怒气冲冲挥舞着大刀，
空中诸神不由心惊胆战，
摩肩接踵，远远地逃散。（43）

于是他面露狰狞，猖狂大笑，
乘着战车，从鞘中拔出宝剑，
吩咐自己的御者："驾车快赶，
驰向婆薮之主因陀罗的身边。"（44）

大阿修罗乘坐快过心念、
由车夫驾御的战车疾驰，
然后抵达情状令人悚然、
无边无际的神军之海前。（45）

目睹面前庞大的天神部队，
这枭雄渴望投入战斗游戏，
在一双强健如棒的手臂上，
他兴奋得汗毛一根根竖起。（46）

然后，因陀罗的密使亲兵，
因为对游戏沙场满怀狂热，
纷纷向前挺进，快过思想。
巴望着打斗的人怎会耽搁？（47）

天神之敌的亲兵迎头冲向
前方钵罗之敌的军队海洋，
他们高高举起粗壮的臂膀，
向敌人大声通报自家名号。（48）

看到眼前提选的军队海洋，
大神们立刻变得非常不安，
而这湿婆之子却鄙视交战，
只透过一侧眼角扫视敌兵。（49）

安陀迦之敌的儿子眼看
神军被敌人威吓而畏怯，
施恩投去甘露般的一瞥，
鼓励他们加入大战佳节。（50）

以因陀罗为首、享用祭品的天神
因在战场看见塞建陀而受到鼓励，
纷纷雀跃欢呼："我定将奋战克敌！"
与精英为伍，谁人会不鼓足勇气？（51）

因陀罗和多罗迦的士兵们
手中高举着兵刃投入战役，
他们冲向对方，求胜心切。

歌手高唱各人的名号功绩。(52)

天神和阿修罗的大军之海越过双方界限,

铺天盖地而来,为殊死一战冲撞在一起,

他们享受死神的好客,发出巨大的呐喊,

响声充斥宇内①,能轻易撕裂耸峙的山壁。(53)

---

① "宇内"中的"宇宙"一词对应的原词是"brahmāṇḍa",其字面义为"梵卵",引申为"宇宙、世界"。根据印度神话传说,作为最高本体的梵为了创世,先造出水,然后将自己的种子投入水中,种子变成金卵,梵天在卵中诞生并造出宇宙万物。

第十六章

一场大战在因陀罗和
多罗迦的两军间发生，
他们都向对方投掷了
大量可怕的利箭刀兵。（1）

步兵进攻步兵，
车兵冲击车兵，
骑兵攻打骑兵，
象兵袭击象兵。（2）

当勇士们为一决高下，
沉着坚定地冲向敌兵，
身为族中明灯的歌手，
通报颂扬他们的名姓。（3）

鸠摩罗出世

当一群歌手高声吟诵
英雄们的一桩桩神勇，
他们虽个个杀敌心切，
仍停留片刻，用心倾听。（4）

当英雄好汉彼此遭遇，
他们的身体汗毛竖立，
因战斗的喜悦而膨大，
撑破浑身的铠甲披挂。（5）

遭到利剑无情的劈砍，
铠甲破裂，飞出棉絮，
天空中四方一片灰白，
如同飘扬着银发缕缕。（6）

勇士的宝剑沾满鲜血，
似阳光一般辉煌灿烂，
光华灼灼，照彻四方，
现出道道闪电的壮观。（7）

愤怒的勇士射出利箭，
密密匝匝将天空布满，
飞矢犹如可怕的大蛇，

口中喷吐着烈烈毒焰。（8）

当弓箭手们互相射击，
他们的飞箭刺穿身体，
箭镞上未沾一滴鲜血，
深深扎入身后的大地。（9）

当武艺超群的勇猛战士
在战争节日中寻欢作乐，
他们的飞矢刺穿了大象，
先使其倒地然后才坠落。（10）

当飞矢的箭镞燃起火焰，
彼此之间不留丝毫空隙，
遍布整片天空层层密密，
乘飞车的天神远远逃离。（11）

被弓箭手的利箭刺破，
天空像遭受痛苦煎熬，
借助鹰隼的尖声鸣叫，
发出凄厉的怒吼哀嚎。（12）

弯弓被拉到耳畔，

远远地射出利箭，

它们疾速地飞驰，

似欲品尝战士血。（13）

一列列出鞘的宝剑，

被勇士们紧握在手，

仿佛假借光网闪现，

在战场上大笑鞔然。①（14）

宝剑在勇士们手中挥舞，

表面沾满了淋漓的鲜血，

在灰尘密布的无边战场，

呈现出闪电的壮丽辉煌。（15）

勇士的长矛熠熠生辉，

在沙场之上光彩灼烁，

好似垂涎欲滴的阎摩

频频伸出的蜷曲长舌。（16）

优秀车兵驾驭的车轮，

熠熠闪烁一圈圈光环，

---

① 这里是说宝剑发出白光，如同露齿大笑一般。

有如日轮般美丽耀眼，
在空中战场不停飞转。（17）

听到冲锋陷阵的勇士
发出深沉坚定的怒吼，
有人因惊战跌下坐骑，
其他人因癫狂而昏迷。（18）

当敌方勇士汹汹而来，
有一位战士欣喜若狂，
而当对方仓皇地遁逃，
这好战者又深陷沮丧。（19）

有些作战勇猛的战士
先是和许多敌兵厮杀，
然后转过身再次冲向
那些曾经交手的仇家。（20）

强健的手臂汗毛竖起，
士兵们纷纷欣然迎接
那些从四周赶来挑战、
战斗热情高涨的硬汉。（21）

大象颞颥被刀剑劈开，
颗颗珍珠从上面滚下，
犹如在战场上播撒的
名誉的种子生发嫩芽。(22)

听到勇士们厉声嘶吼，
大象在战场四散逃窜，
虽遭约束却不顾象钩，
惶然奔向远方地平线。(23)

被箭射穿又失去御者，
大象在战场四下乱转，
它们纷纷沉没入河中，
河水混杂着鲜血潺潺。(24)

一辆辆战车虽然高大，
依然没入无底的血川，
车兵见状愤怒地咆哮，
继续朝敌人射出利箭。(25)

遭利刃枭首的勇士，
尽管从战马上坠下，
但已经先挥出宝剑，

劈砍敌人，将其击落。（26）

英勇武士的项上人头，

虽然被兵刃砍落在地，

依然愤怒地追逐劲敌，

牙咬下唇，令人战栗。（27）

武艺高强的勇猛士卒

被月牙箭砍下了头颅，

秃鹫用利爪抓起它们，

迅猛飞起在天空密布。（28）

步兵和骑兵怒火中烧，

爬上来袭大象的巨齿，

他们挥舞尖利的长矛，

夺走御象士兵的性命。（29）

御象者遭到兵刃劈砍，

大象们到处东游西荡，

如同一座座巍峨高山，

被时代末的罡风摇撼。（30）

乘坐互相冲撞的大象，

象兵遭袭后猛烈还击，
他们挥动各自的武器，
奋力夺取对方的性命。（31）

愤怒的大象相互撞击，
象牙间摩擦生出火星，
大火顿时就燃烧吞噬
在刀剑下丧命的士兵。（32）

被盛怒的象王抛出去，
步兵们依然挥剑还击，
他们在自己君王面前
成功剥夺象王的呼吸。（33）

战士们被大象抛起，
又被远远甩向天际，
他们灵魂抵达天国，
而身体却落回大地。（34）

手中挥舞着白刃利剑，
战士们劈砍象的长鼻，
尽管将它们斩落在地，
心中仍然不觉得满意。（35）

大象伸展长长象鼻，
卷住士兵抛向天空。
天女个个芳心大动，
渴望速速猎艳成功。（36）

骑在马上的弓箭手
亟待那些为箭所伤、
昏过去的象兵苏醒，
好与他们再战一场。（37）

一名步兵先挥剑砍劈
汹汹袭来的怒象长鼻，
又跳上铁杵般的象牙，
试图将象鼻抓在怀里。（38）

一名步兵冲入敌阵，
挥舞利剑连根砍下
敌方大象一对巨牙，
仍能快速撤退全身。（39）

一名勇士被一头怒象
伸展象鼻牢牢地卷紧，
但是他仍能迅速挥剑，

取其性命，毫发无损。(40)

一名骑兵挥舞着长矛，
刺中对方骑兵的胸膛，
而他自己直到坠马时，
尚不知被矛扎入心脏。(41)

被敌人用矛夺去性命，
一名勇士仍安坐马上，
手擎长矛，东游西荡，
像还活着穿行于战场。(42)

一名骑在马上的士兵，
死于刀剑，坠落在地，
含泪的骏马虽然脱缰，
仍迟迟不肯舍主离去。(43)

一名骑兵虽然遭敌人攻击，
被边缘锋利的月牙箭射中，
他跌下战马，却并未昏迷，
怒不可遏，亟欲奋起杀敌。(44)

当一对勇士相互被矛刺伤，

双双坠下战马，跌落在地，

他俩怒气冲冲，短兵相接，

或撕扯头发，或徒手搏击。（45）

当车兵用箭射杀顽敌，

见他们依然稳坐车里，

只是松开紧握的强弓，

误以为他们尚存一息。（46）

车兵不会再次攻打

被兵刃击昏的敌手，

但是因为战斗心切，

汲汲渴求对方苏醒。（47）

武器精良的两名车兵，

互相攻击，双双丧命，

为了争夺同一位天女，

升入天国也打个不停。（48）

射出月牙箭互相斩首，

两名车兵穿行在空中，

光彩熠熠，低头目睹

自身残躯在地上舞动。（49）

当鼓乐齐鸣,一众女鬼①歌唱,

一排排无头的躯干挥舞戈矛,

在浸透鲜血而泥泞的战场上,

艰难地挪动脚步,结伴舞蹈。(50)

当天神和阿修罗双方大军似这般开仗,

当大象成群结队,深陷在血河的岸边,

魔王皱起眉头,面目狰狞,气红双眼,

立刻杀向一众方位神②,渴望决一死战。(51)

---

① "女鬼"(paretayoṣit)指在战场游荡、等待进食的女食尸鬼。

② "方位神"(kakubhāmīśa)即保护世界八方的八位天神,参见 7.45 脚注。

第十七章

然后，眼看多罗迦已冲到面前，
因为渴望战斗游戏而雀跃狂欢，
他射出的箭矢将四方穹窿遮暗，
方位神们昂然集结，前去迎战。（1）

天神之敌的首领多罗迦纵声大笑，
万箭齐发，洒向令人生畏的天神，
像一团携带丰沛雨水的绝妙乌云，
朝巍巍高山倾泻下不间断的甘霖。（2）

因陀罗率方位神拉弓射出的利箭
迅速将恶魔首领的箭矢一一砍断，
七零八落散布在战场之上，犹如
金翅鸟群顷刻间将众蛇撕成碎片。（3）

多罗迦也以大量骇人利箭回射，
箭矢燃烧，箭身有神敌名姓标刻，
遮蔽四方天空，击碎天军飞矢，
犹如铺天盖地的大火焚毁草垛。(4)

提迷之王怒火冲天，异常狰狞，
在战斗时玩游戏似地射出利箭，
它们立刻化作猛蛇，令人骇然，
将因陀罗率领的天神紧紧缚缠。(5)

那些以因陀罗为首的方位神众，
遭到多罗迦发出的蛇索箭捆绑，
口中呼吸不畅，掉头撤出战场，
逃往能禳灾除祸的鸠摩罗身旁。(6)

仅仅依靠湿婆之子投来的一瞥，
就摆脱了被蛇索箭紧绑的灾痛，
于是因陀罗率领众神亲自来到
这求胜心切之人身边殷勤侍奉。(7)

天王之敌魔王多罗迦手臂粗壮，
这时怒火中烧，立即吩咐御者：
"以因陀罗为首的众神被我捆绑，

经鸠摩罗小儿一瞥就突获释放。(8)

"故而当前先不管他们,我定要
让这小儿成为牺牲来献祭沙场,
你须即刻驾车,我要去会一会
膂力傲人的湿婆之子以决存亡。"(9)

多罗迦的战车立即被御者驱动,
车声深沉邃远如雨云剧烈翻涌,
粉身碎骨的敌军将士血肉成泥,
战车横冲直撞,车轮陷没其中。(10)

看到天神之敌的战车汹汹而来,
好似被劫末的大风撼动的山王,
神兵摧折的哀嚎让它可怕异常,
天军因惊恐而颤抖,一片扰攘。(11)

多罗迦见方位之神的军队恐惧不安,
他强健的手臂紧握弓柄,凶猛强悍,
靠近渴望投入战斗游戏的湿婆之子,
然后开始对童子迦绨吉夜口吐狂言:(12)

"嗨,你这苦行者湿婆的小崽子!在我面前

快快放弃对臂膀的自傲,停止为天王卖命。
对我舞刀弄枪有何用? 武器与你极不相称,
已成为你稚嫩柔软的双臂不能承受的负重。(13)

"你是湿婆神和高利女神的独子,
为何要承受我令人丧胆的箭矢,
落入死神的辖地? 快滚出战场,
躲进父母怀里偷生,送去福祉。(14)

"山主之子啊,你自己好好掂量,
赶快避开我这天王因陀罗之敌,
他自愿投入难以泅渡的波涛里,
会如石船下水,先拖累你沉溺。"(15)

听到多罗迦在战场上的这番说辞,
三眼神之子双眼赤艳如红莲绽放,
下唇颤抖,愤怒地盯住他的强弓,
权衡实力后恰如其分地回复对方:(16)

"提迭之王,你这般口出狂言,
但所说的一切也正适用于你。
我要见识你超群绝伦的臂力,
所以请拿起武器,拉弓上弦。"(17)

听到三城之敌的儿子这样说完，

魔王勃然大怒，紧咬下唇放言：

"你自恃膂力而猖狂，一心求战，

那就尝尝我曾刺穿敌背的利箭。"（18）

给敌人难以逼视的强弓上好弦，

他立刻又搭上十分可怕的利箭，

这猛弓像盛怒的蛇王令人畏缩，

他以必胜之箭对准劲敌鸠摩罗。（19）

这张弓被多罗迦拉至耳畔，

向周围发射出一簇簇飞箭，

它们以万千光线描画天穹，

令四面八方生出银发斑斑。①（20）

神敌的强弓上万箭齐发，无际无边，

嗖嗖声震慑天兵，织成闪耀的光网，

令因陀罗的全体战士目盲陷入黑暗，

无论何处都看不见湿婆大神的儿郎。（21）

爱神之敌的神圣的儿子

---

① 此节诗使用的动词亦语带双关，"发射"不用√muc（意为"释放"），而
用√sū（意为"生、产生"），正暗合诗中比喻。

鸠摩罗出世

将弓弦紧紧地拉至耳畔，
战斗中射出必胜的利箭，
顿时将神敌的箭矢砍断。（22）

当神敌之箭的阴霾立刻被驱散，
它们曾经让一应天神痛苦不安，
鸠摩罗这强烈刺眼的光芒宿地①，
便如同光主太阳一般炳焕灿烂。（23）

随后，当鸠摩罗在战斗中
闪现难以抗拒的万丈光焰，
反应敏捷并且擅长变幻的
大魔头迅速使用幻术作战。（24）

多罗迦骤然激愤不已，狰狞地纵声大笑，
自知以精良武器挑战鸠摩罗会徒劳无功，
这位依仗征服世界就胡作非为的胜利者
有如儿戏地将风神掌管的神箭搭上强弓。（25）

仅仅是挽弓搭箭，也如遭逢时代末日，
令万物慌乱逃窜，大风因此呼啸而过，

---

① "光芒宿地"意谓鸠摩罗光辉闪耀、充满威力，类似比喻亦见于《罗怙世系》3.58。

尖吼声让人胆寒,扬起地上沙尘漫漫,

覆盖住四方天空,遮蔽了太阳的光热。(26)

天神军中林立的华盖光辉四射,

宛若素馨花簇,被这大风掀翻,

朝尘土如云般蔽日的暗空飞掔,

好像一群振翅翱翔的美丽天鹅。(27)

天神军中招展的旗幡被大风撕碎,

卷入天穹,似初绽的茉莉般明艳,

它们变幻成空中飘荡的白色幅练,

展现出天国圣河万千湍流的奇观。(28)

天军中的数百头大象被风卷起,

顿时痛苦难当,象披分崩离析,

它们跌落在地,堪比座座高山,

被愤怒的因陀罗挥杵斩断山翼。①(29)

一列列战车也受到狂风摧折,

马匹被纷纷卷起又栽倒在地,

御者族中的翘楚被甩下战车,

---

① 据印度神话,传说在圆满时代,群山皆有翅膀,可以自由飞翔,为了保护诸神众仙,因陀罗用金刚杵砍掉了山翼。

满地打转,然后又跌入恒河。(30)

遭受这股狂风折磨蹂躏,
天军中的骑兵丢下武器,
当自己的骏马跌跤失蹄,
他们未被击中也已倒地。(31)

天军中的步兵也受到大风袭击,
他们倍受煎熬,失落手中武器,
厉声哀嚎,似随风翻转的树叶,
飞出很远,又从空中落回大地。(32)

然后,看到魔王运用神箭
像这般欺凌一众天神军队,
这位魁梧的神祇大展神威,
只有他能保天王权力①不坠。(33)

天王的全体将士因此脱离苦痛,
刚一恢复安定就准备再次开战。
天神之敌见此情形,怒火中烧,
立刻射出火神掌管的燃烧之箭。(34)

———————

① "权力"对应的原词是"kamalā",这是吉祥女神的另一个称号,而吉祥女神象征王权,故此处译为"权力"。

一团团浓烟在天空尽头辉光闪闪，
好似雨季的乌云让四方陷入黑暗，
它们突然扩散，灼灼如青莲花环，
让世间一切都不能进入人的视线。（35）

犹如云团的浓烟黑压压一片，
遮蔽天穹，吞噬了四方景象，
白天鹅们见状顿时欣喜若狂，
对飞往摩那娑圣湖充满渴望。（36）

无双的烈焰如同劫末之火，
肆虐蔓延在天神的军队中，
凭借熊熊火光映红清净的
各方缺口，乃至整片天空。（37）

势不可挡的熊熊大火蔓延，
持续喷出排排无双的烈焰。
天空因此弥漫成团的黑烟，
看似乌云密布，闪电不断。（38）

这炽燃之火令人难以忍受，
使群星惊恐地在空中逃窜，
天王的将士全都被它灼烧，

痛苦地来到湿婆之子身边。（39）

然后，看到全体天军似这般
遭烈烈大火侵袭，狼狈不堪，
湿婆之子的莲花脸露出微笑，
将水神伐楼那之箭搭上弓弦。（40）

一团团浓云在天边涌现，
发出沉沉怒吼撕裂山巅，
形同一大片恐怖的黑暗，
还似劫末之火冒出的烟。（41）

云团当空，中间投下蔓藤般的闪电，
滚滚怒吼深沉可怕，映红八方四面，
犹如时代末现身的死神晃动的舌头，
令人万分恐惧、大惊失色、胆颤心寒。（42）

一排排饱含雨水的乌云熠熠生辉，
就好像劫末时分的夜晚层云弥漫，
高空中投下的闪电照亮八方四面，
遮蔽视线，恐怖的吼声令人悚然。①（43）

---

① 本节诗梵文语法不甚规整。

遮盖天穹和各方缺口，
一团团雨云吼声不息，
击碎人心，倾泻暴雨，
一道道洪流铺天盖地。（44）

凭借大片可怕的黑暗遮住天空，
发出滚滚轰鸣巨响折磨阿修罗，
伐楼那之箭生成乌云，泼洒暴雨，
烈火纵然充斥寰宇也被雨浇熄。（45）

这提迭怒不可遏，也拉弓至耳畔，
射出刃如剃刀、锋利可怖的箭矢，
吓得因陀罗的一干将士四下逃窜，
沉重打击了爱神之敌湿婆的骄子。（46）

游戏沙场的鸠摩罗大神也射出一簇簇利箭，
将这位提迭的大量飞矢连同强弓砍成碎片，
像习瑜伽而心枯寂的苦行者靠自制等手段
斩断威力不虚、充满感官享受的轮回羁绊。（47）

然后，阿修罗的转轮王怒火炽燃，
这位魔王因眉头紧锁而面目狰狞，
跳下战车，手中挥舞可怕的利剑，

气势汹汹地冲到湿婆儿子的面前。（48）

看到这阿修罗之王汹汹而来，
膂力令天兵天将也难以抵挡，
湿婆之子兴奋得莲花脸发光，
投掷出宛如劫末烈火的矛枪。（49）

长矛闪现光网，照彻天空各方，
刺中这大阿修罗多罗迦的心脏，
檀那婆①们顿时落下悲伤的热泪，
全体方位神则挥洒喜悦的泪水。（50）

看到来袭的魔王被长矛夺去性命，
似遭到劫末暴风冲击劈裂的山峰，
以因陀罗为首的众神都雀跃欢喜，
美丽可爱的身体上处处汗毛竖立。（51）

丧命的提迭王堪比世界毁灭期
崩塌的山王，在他倒下的地点，
蛇王用蛇冠支撑起沉陷的大地，
蛇冠承受他的重压而痛苦不堪。（52）

---

① 在印度神话中，檀那婆（dānava）和提迭一样都指与天神敌对的恶神或
恶魔。

如意神树的花雨从天而降，
被一列列贪香的蜜蜂环绕，
夹杂恒河水沫，纷纷扬扬，
落在魔敌湿婆的儿子头上。（53）

以因陀罗为首的所有天神，
全身汗毛竖立，撑裂铠甲，
充满喜悦的脸庞大放光华，
庆贺多罗迦之敌膂力强大。（54）

当爱神之敌所向披靡的儿子经过激战，
像这般拔除三界中的芒刺檀那婆之王，
因陀罗于是重掌天国王权，胜利凯旋，
众神俯首，顶冠宝石剐蹭到他的脚尖。（55）

附　录

护法韦驮探源
——印度战神"塞建陀"的中国化历程

　　清代梁章钜《浪迹续谈》卷七云："今大小丛林头门内,皆立执杵韦陀,有以手按杵据地者,有双手合掌捧杵者。老僧云:合掌捧杵者,为接待寺,凡游方释子到寺,皆蒙供养。其按杵据地者则否,可一望而知也。"①至今佛家寺院依然如此。

　　关于韦驮的来历、名称和内涵,世人颇多误解歧说。比如近人善慧就认为:"中国之护法韦驮,其本质应为密迹金刚"。又有谈玄虽然自称"弟子所考证之韦驮,是姓韦名琨,出道宣律师《天人感通录》",却又因为他认为"《天人感通录》系伪造之典",故断言"韦驮即金刚密迹,并无韦驮天其人也";此外,他还根据玄应《一切经音义》对楼至佛的解释,认

---

① （清）梁章矩:《浪迹丛谈・续谈》（下）,台北广文书局 1969 年,第439 页。

为韦驮"即此贤劫中第一千佛劫末后成佛,即今之执金刚神是也"①。其扞格诸说流传甚广。

有鉴于此,探本溯源,厘清护法韦驮的历史演变过程确实是佛学领域的一个重要课题,也是对梵汉文化交流史的一点补充。

一、从塞建陀到韦驮:护法韦驮的印度源头

在中国古代佛经中,梵语词"veda"和"skanda",常常都被译成"违驮""违陀""韦驮"或"韦陀"四个同音异形的汉语词。其实这两个梵语词的意义完全不同。

"veda"又译为"吠陀",是古印度婆罗门教圣典,故汉译佛经中,常有"经""论""典"等字附于其后,译作"违驮经""韦陀论"等。"skanda",古代对音译为"塞建陀"或"私建陀",指婆罗门教神话中的战神,大神湿婆和雪山神女波哩婆提之子,故常称"天神"或"天"。如昙无谶译《金光明经·鬼神品》中有"违驮天神"②,而同经异译的义净《金光明最胜王经·大辩才天女品》中则出现"塞建陀天"③。

然而对音精确的"塞建陀""私建陀"是如何衍变成发音相异的"违陀(驮)"的呢? 首先,鉴于发音轻促,佛经中以"s"

---

① 张曼涛主编:《佛教文史杂考》,台北大乘文化出版社 1979 年,第 165—178 页。
② 《大正藏》第 16 册,第 350 页。
③ 《大正藏》第 16 册,第 438 页。

起首的复辅音单词，汉译时常省略"s"，如"stūpa"既被译作"窣堵波"，也被译成"偷婆"或"兜婆"；"sphaṭika"最常见的音译法是"玻璃"，袭用至今。故"塞"或"私"字省去不译合情合理，在同为昙无谶翻译的《大方等无想经》中，"skanda"就被译作了"建驮"①。而"违"字的出现则另有缘由。《一切经音义》音训"违陀天"云："译勘梵音云：私建陀提婆。私建陀，此云阴也；提婆，云天也。但建、违相滥，故笔家误耳。"②认为"违"乃"建"字的讹写，此说甚有见地，汉碑中的"违"字就与"建"字之形颇为近似。法国学者佩里（Noël Péri）也曾有此推断。③ 至于"违""韦"混用，下文引南宋行霆、宗晓论"违驮"时再作解释。而慧琳将"私建陀"释为"阴"，则系误解，需略加说明。"阴"对应的梵文"skandha"，其本义为"肩膀、积聚"，经佛教引申后，旧译曰"阴"，新译曰"蕴"，如"五阴""五蕴"等。因该词音译也作"塞建陀"，故而古人常将其与"skanda"混为一谈，但深通梵音的译僧却对二者区分严格，如昙无谶在《金光明经·序品》中，就将"skandha"译为"（无量福）聚"④。当然，正如艾吉顿（Franklin Edgerton）注意到的情况⑤，有时底本中的"skanda"也被误写或误读成"skandha"。在与昙译

---

① 《大正藏》第 12 册，第 1094 页。
② 《大正藏》第 54 册，第 469 页。
③ Noël Péri, "Le Dieu Wei-t'o", *Bulletin de l' École française d'Extrême-Orient*, vol.16, No.3(1916), p.43.
④ 《大正藏》第 16 册，第 335 页。
⑤ Franklin Edgerton, *Buddhist Hybrid Sanskrit Grammar and Dictionary*, Delhi: Motilal Banarsidass Publishers, 2004, reprint, p.608.

《鬼神品》相应的于阗语《金光明最胜王经》第十四品中，"skanda"就被写成了"skandha"。① 这大概可以解释为何义净在同样相应的《诸天药叉护持品》中，将"塞建陀天"译成了"大肩"②，而慧沼为义净注疏时又将"塞建陀"释作"蕴"③。

以上辨析了"韦（违）驮（陀）"一词在汉语佛经中的含义和衍变过程，至于"护法韦驮"，则与印度战神"塞建陀"有着千丝万缕的联系。

印度古代对塞建陀的崇拜，可以追溯到公元前几个世纪。在《歌者奥义书》（*Chāndogya Upaniṣad*）中，尊者萨那特鸠摩罗（Sanatkumāra）向人们展示超越黑暗、到达彼岸之路，被称为"塞建陀"④；在《薄伽梵歌》（*Bhagavadgītā*）中，黑天（Kṛṣṇa）自称是统帅中的"塞建陀"⑤。对战乱频仍的古代部族而言，塞建陀的天兵统帅形象具有无可取代的吸引力，故而广受贵霜人、尤德亚人、笈多人甚至塞人崇信，并不断出现在当时的钱币和碑铭上。⑥ 但印度神话中有关塞建陀的传说往往芜杂混乱，甚至自相矛盾，这当然和古印度注重口传的

① Prods Oktor Skjærvø, *The Most Excellent Shine of Gold*, *King of Kings of Sutras-The Khotanese Suvarṇabhāsottamasūtra*, Vol. Ⅱ, Harvard University，2004，p.211.
② 《大正藏》第 16 册，第 445 页。
③ 《大正藏》第 39 册，第 307 页。
④ 黄宝生译：《奥义书》，商务印书馆 2010 年，第 213 页。黄译"室建陀"。
⑤ ［印］毗耶娑：《薄伽梵歌》，黄宝生译，商务印书馆 2010 年，第 96 页。黄译"室建陀"。
⑥ S.K.Ramachandra Rao, *Encyclopaedia of Indian Iconography*, Vol.1, Delhi：Sri Satguru Publications，2003，pp.282 - 283.

文化特质密切相关。就连毗耶娑（Vyāsa）也承认这种含混：
"有些人认为他是老祖宗强大有力的儿子，即梵天所出诸子
中的长子永童。有些人认为他是大神（湿婆）之子。有些人
认为他是火神之子。有些人则说他是乌玛之子，或诸吉提迦
之子，或恒河之子。"①但他毕竟还是凭勇武获得了世人的认
可，故毗耶娑又说：无论他是谁的儿子，"数以百计和数以千
计的人都在称颂这瑜伽行者之主，力大无比之神"②。而史诗
和往世书神话还赋予了塞建陀许多称号：他生于湿婆溢出的
精液，得名"塞建陀"（按：梵文词根√skand 有"喷射""溅落"之
意）③；其为神子，故名"鸠摩罗"（按："Kumāra"意为"童子"）④；
六位昴宿哺育他，故其又称"迦缔吉夜"（按："Kārttikeya"意
为"昴宿之子"）⑤。此外他还有"大军"（Mahāsena）、"古诃"
（Guha）等称号。这些神话传说塑造出塞建陀的基本特征，如
六张脸、十二只手臂、年少英俊、手握长矛和螺号、臂下夹公
鸡、骑乘孔雀、勇猛无比，等等。

　　笈多时期的诗人迦梨陀娑（Kālidāsa，约 4—5 世纪）弥合
了塞建陀神话叙事的断裂和不足，创作出著名梵语叙事诗

① ［印］毗耶娑：《摩诃婆罗多》（四），黄宝生等译，中国社会科学出版社
　　2005 年，第 805 页。
② ［印］毗耶娑：《摩诃婆罗多》（四），黄宝生等译，第 805 页。
③ ［印］毗耶娑：《摩诃婆罗多》（六），黄宝生等译，中国社会科学出版社
　　2005 年，第 272 页。
④ ［印］毗耶娑：《摩诃婆罗多》（一），黄宝生等译，中国社会科学出版社
　　2005 年，第 427 页。
⑤ ［印］毗耶娑：《摩诃婆罗多》（六），黄宝生等译，第 272 页。

《鸠摩罗出世》(*Kumārasaṃbhava*),全诗连同后人续作共十七章,完整清晰地讲述了塞建陀的出生始末和英雄事迹:以因陀罗为首的众神受魔王多罗迦侵扰,得梵天指点,预知唯有湿婆和波哩婆提之子才能担任战胜魔王的天军统帅,于是遣爱神促成他们的结合。无奈爱神被湿婆焚毁,最终波哩婆提依靠苦行赢得了湿婆。二人婚后纵情欢爱,却被火神打断,湿婆将精液射在火神身上,又被火神冲洗入恒河,昴宿六天女沐浴时,精液转移到她们身上,孕育成胎,鸠摩罗由此诞生。他出生仅仅六天,便接受湿婆指派,率领众天神出征讨逆,并接受灌顶成为天军统帅,经过浴血厮杀,最终用长矛刺死魔王,恢复了天国秩序。

这些故事也零星保留在佛经中,如《大智度论·初品》云:"如鸠摩罗天,是天擎鸡持铃,捉赤幡,骑孔雀,皆是诸天大将。"①《佛所行赞·生品》有"如摩醯首罗,忽生六面子"②。"摩醯首罗"即"Maheśvara"(大自在天),指湿婆;"六面子"指塞建陀。同经还有"曾为雪山女,射摩醯首罗,能令其心变,而不动菩萨"③。这里引用了爱神以箭射湿婆,诱其与波哩婆提结合的典故。北魏般若流支译《正法念处经》里云:"复有邪见异道、诸婆罗门作如是说:'此是摩醯首罗自在天子,名鸠摩罗童子之天,乘于孔雀从天来下,向阎浮提,拥护

---

① 《大正藏》第 25 册,第 73 页。
② 《大正藏》第 4 册,第 3 页。
③ 《大正藏》第 4 册,第 25 页。

世间。'"①唐释慧沼《金光明最胜王经疏》云："大天乌摩者,此是欲界大自在天女名乌摩。乌摩此云止。以女欲嫁,其父大天止而不许,故云大天止。"②此指波哩婆提得名"乌摩"的由来和她的恨嫁。刘宋求那跋陀罗译《杂阿含经》有"贪恚何所因,不乐身毛竖,恐怖从何起,觉想由何生?犹如鸠摩罗,依倚于乳母"③;同经卷四十还完整描述了因陀罗祈请塞建陀降服魔众的全过程,最后说:"时,宿毘梨天子严四兵:象兵、马兵、车兵、步兵,与阿修罗战,摧阿修罗众,诸天得胜,还归天宫。"④"宿毘梨"即"suvīra",意为"妙雄",也是塞建陀的一个称号。⑤ 由此大致可见塞建陀生平事迹的主线。

事实上,伴随佛教对婆罗门教的借鉴,包括塞建陀在内的一大批婆罗门教神祇也进入了佛教万神殿。作为佛教护法神,"违驮"之名在汉文佛经中最早见于昙译《金光明经·鬼神品》偈颂,且"违驮天神"与"护世四王"地位并列。南宋行霆的《重编诸天传·韦天将军传》称:

> 《灵威要略》:"天神姓韦,讳琨,南方天王八将之一臣也。四王合三十二将,而为其首。生知聪慧,早离尘

---

① 《大正藏》第 17 册,第 183 页。
② 《大正藏》第 39 册,第 307 页。
③ 《大正藏》第 2 册,第 361 页。
④ 《大正藏》第 2 册,第 294 页。
⑤ S. Sörensen, *An Index to the Names in the Mahābhārata*, Delhi: Motilal Banarsidass, 1978, reprint, p.668.

欲，清净梵行，修童真业。面受佛嘱，外护在怀，用统三洲，住持为最。亡我亡瑕，殷忧于四部；达物达化，大济于五乘。"《光明·鬼神品》中有韦驮天神，梵语韦驮，此云智论，今此则以韦为姓。虽类华夏一经之裔，而其天神隐显其号，乌可测量。唐高宗干封岁，京师净业寺道宣律师，因睹韦天尝问律相等事，律师述《灵威要略》，并《律相》《感通》二传，备载其实。如《要略》中，天神姓费，自述云："弟子迦叶佛时生在初天，在韦将军下。诸天贪欲如醉，弟子以宿愿力不受天欲，清净梵行，遍敬毗尼。韦将军童真梵行，不受天欲。若有事至四王所，王见皆起。"自唐高宗已来，诸处伽蓝及建立熏修，皆设像崇敬，彰护法之功。其间感应录于文集者甚多，然童真乃十住中第八住。而贤乎圣乎，孰可知之？①

行霆在此已把"违驮天神"改称"韦驮天神"，并称他姓韦名琨，号韦天将军。至于他说"梵语韦驮。此云智论"，显然是因混淆"veda"和"skanda"所致。但他解释由智论"韦驮"至以韦为姓，说"虽类华夏一经之裔，而其天神隐显其号，乌可测量"，意思是说，"违驮天神"隐借类似华夏经典之名的智论"韦驮"作姓氏名号，其机缘微妙难测。其后宗晓注《金光明经》则云："违驮天神，驮，唐贺切；违字，或经本单作韦。若据

---

① 《卍续藏》第88册，第430页。

南山《感通》《灵感》二传，则此天初与师相见自称韦琨，韦姓
也，琨名也。如此，则字须去辵，二传始终无驮字，但言韦将
军也。"①如是，"违驮天神"名号由汉姓所无之"违"演变出汉
地"韦"姓单字，恰映射出"韦驮"由梵入汉的演化过程。至宋
朝的行霆和宗晓，都不容置疑地将"违（韦）驮天神""韦琨"
"韦将军"三者等同起来。因此当塞建陀的形象以"韦将军"
之名进入行霆的《韦天将军传》中时，就已经彻底中国化了。

　　中国化的韦天将军身上难免留下印度神话的许多印记，比
如他离欲梵行、保持童真。《梵卵往世书》（Brahāṇḍapurāṇa）
确实记有塞建陀向波哩婆提发誓禁欲的故事②；在佛经中，他
"鸠摩罗天"或"童子天"的名号更能昭示其童子身，这在中国
石窟造像和绘画中也有所反映，如北魏中期开凿的大同云冈
第 8 窟拱门西侧雕有鸠摩罗天形像，五头六臂，童子相，面容
俊秀，上身赤裸，乘孔雀；③西魏开凿的敦煌 285 窟主室西壁
上也描绘了他的这种形象。④ 再如韦天将军乃"护世四王"下
属三十二将之首，最能护法。在唐朝道宣和道世笔下，他应
机剪除轻弄比丘、惑乱道力微者的魔子魔女⑤，这些与塞建

①　《卍续藏》第 20 册，第 485 页。
②　Vettam Mani, *Purāṇi Encyclopaedia*, Delhi: Motilal Banarsidass, 1979, reprint, p.748.
③　李治国主编：《中国石窟雕塑全集》（第三卷），重庆出版社 2001 年，第 86 页。
④　[日]松本荣一：《敦煌画研究》，林保尧等译，浙江大学出版社 2019 年，第 315 页。
⑤　《大正藏》第 53 册，第 393 页；《大正藏》第 45 册，第 875 页。

陀灌顶成为天军统帅、征讨魔军、杀死魔王的主要事迹明显一脉相承。有意思的是,从唐代开始,所有衍说韦驮事迹的佛教文献几乎都会提到"韦琨"之名,这个问题颇值得深入探讨。

二、从韦驮到韦琨、韦将军:护法韦驮在唐代的演变

　　行霆、宗晓都认为最早指明"韦驮"即"韦琨"的是唐初道宣。道宣《感通录》见载于《赵城藏》《高丽藏》,题为《道宣律师感通录》(以下简称《感通录》);载于《续藏》的,题为《律相感通传》(以下简称《感通传》)。《大正藏》二者兼收,两篇除《感通传》比《感通录》多出"荆州河东寺"一节约 600 字,其余文字仅略有差异(以下二者并提时简称《感通》)。而检视两篇均不见"韦琨"之名。

　　在行霆、宗晓之前提及"韦琨"之名的文献,只有道世的《法苑珠林》(以下简称《珠林》)。其卷十《灌带部》载:访道宣者,"又有天人韦琨,亦是南天王八大将军之一臣也。四天王合有三十二将,斯人为首。生知聪慧,早离尘欲,清净梵行,修童真业。面受佛嘱,弘护在怀。周统三洲,住持为最"①;而卷十一《乳糜部》说"依《道宣律师感应记》云:'具论因缘,并在第十卷中《灌带部》述之'"②,故周叔迦、苏晋仁校注《灌带

---

① (唐) 道世撰,周叔迦等校注:《法苑珠林校注》,中华书局 2003 年,第 343 页。
② (唐) 道世撰,周叔迦等校注:《法苑珠林校注》,第 393 页。

部》称"出《道宣律师感应记》"①（以下简称《感应记》）。因此，首提"韦琨"，并称之为将军的，并非如宗晓所说出自《感通》，而是出自《感应记》。然此书已轶，唯《珠林》卷十、十一、十二、三十九、九十四、九十九有摘录。

（一）《道宣律师感应记》的作者

《感通》系道宣撰，《感应记》又为谁所撰？《感通》两篇都用全知型第一人称，而《感应记》则用第三人称。《珠林》卷十提及韦琨一节云："长安西明寺道宣律师者，德镜玄流，业高清素，精诚苦行，毕命终身……年至桑榆，气力将衰……临终，道俗百又余人，皆见香华迎往升空。"②这种语气绝非出自道宣。而下文又云："律师是余同学，升坛之日，同师受业。虽行殊薰莸，好集无二。若见若闻，随理随事，捃摭众记，简略要集，编录条章，并存遗法，住持利益也。"③这分明是道宣师弟道世的口吻。故《感应记》乃道世所作，是他最早提及韦琨之名，并把韦琨与韦将军视为一人。

道世在道宣迁化次年，以七十二岁高龄编成《珠林》之前，才可能编入此间撰著的《感应录》。师兄尸骨未寒，他不可能随意编派，厚诬师兄。《感应记》既然记"道宣感应"，它提及韦琨，应是得自道宣自述，而非空穴来风。《大慈恩寺三藏法师传》亦载道宣有"感神之德"，并言明"宣因录入别记，

---

① （唐）道世撰，周叔迦等校注：《法苑珠林校注》，第 347 页。
② （唐）道世撰，周叔迦等校注：《法苑珠林校注》，第 342—344 页。
③ （唐）道世撰，周叔迦等校注：《法苑珠林校注》，第 344 页。

见西明寺藏矣"。① 今存《感通》未必是"别记"全貌,却无疑是道宣所作。《珠林》卷一百《杂集部》所载道宣著作目录中,就有《感通记》一卷。② 尽管书名有"记""传""录"的差异,但字异义通,当系后世传抄者臆改。

再看《感通》中天人费氏所述韦将军,除了没指名道姓,其主要事迹与《灌带部》所载韦琨明显为同一人。所以,尽管史载最早提及韦琨之名的是道世,但其说源自道宣。至于宗晓所提《灵感》则未见载于道宣著述目录,而行霆引证道宣《灵威要略》所述韦天将军事迹几乎全同《珠林》卷十所载。《灵威要略》虽已轶,引文却说明是道宣本意。

《感通传》收录的"荆州河东寺"一段在《珠林》卷三十九标明"依《道宣律师感应记》"③,极易让人误以为《珠林》所录《感应记》即《感通》。近人宁波延庆寺谈玄作《韦驮天考证》,列举九条质疑,认为《感通》"绝非道宣亲笔,或出道世、(孙)思邈手笔"④,实因把《感应记》与《感通》混为一谈致误。

(二)韦驮、韦将军及历史人物韦琨的关系

行霆、宗晓都认为道宣所说的韦驮、韦琨和韦将军是同一人,但今存道宣著作却从未提及"韦驮"之名,宗晓已注意到《感通》始终无"驮"字。这也许是因为道宣像慧琳一样,意

① (唐)慧立、彦悰;道宣:《大慈恩寺三藏法师传·释迦方志》,中华书局 2000 年,第 223—224 页。
② (唐)道世撰,周叔迦等校注:《法苑珠林校注》,第 2883 页。
③ (唐)道世撰,周叔迦等校注:《法苑珠林校注》,第 1256—1258 页。
④ 张曼涛主编:《佛教文史杂考》,第 172—174,179 页。

识到由"塞建陀"到"违驮"的讹写失误,所以宁愿依照塞建陀的形象,通过"天人感应"另外创设一位天人韦将军,而不直称"韦驮"。其《释迦氏谱》中叙及释迦欲修涅槃永离苦乐,"令鸠摩罗告阎浮提",让帝释作三道阶①。鸠摩罗侍从护法的身份地位恰与道宣所述天人韦将军一致。可以说,道宣的韦将军形象吸纳了"塞建陀"的大部分事迹特征,并增饰一些细节。正因为行霆、宗晓都注意到了这些相似点,才会断言韦将军即韦驮。

道宣既然以为韦将军姓韦名琨,那么这位天人韦琨与当时以太常卿上《显庆礼》的韦琨有何关系呢?我们认为,道宣其实已把二者视为一体。依据有四:

其一,《珠林》卷六引唐临《冥报记》,记载贞观十六年(642)文官赐射于玄武门时,岑文本给韦琨和唐临等讲述了他帮助唐蒨作佛像于寺西壁,以化解泰山赵主簿征召而延年续命及地狱六道等事②。此与日本高山寺藏唐钞卷子本稍有异文,但是讲述者、时间、地点、听众人物等无异③。《冥报记》乃系纪实,道宣自称早年即读《冥报记》,当然了解韦琨其人确实与神佛有缘。

其二,唐代避讳观念根深蒂固,幼儿皆知。从《南部新书》

---

① 《大正藏》第50册,第95页。
② (唐)道世撰,周叔迦等校注:《法苑珠林校注》,第196—199页。
③ (清)孙毓修编:《涵芬楼秘笈》(6),北京图书馆出版社2000年,第821—828页。

所载苏颋为避裴谈讳,改韵易"江潭"为"江浔"之事可知①。道宣、道世与太常卿、太子詹事韦琨同时,绝不会胡乱冒犯其名讳。故道宣所见的天人韦琨必定与当朝名臣韦琨相关。

其三,道宣《感通传》述及天人来访云"数感天人,有若曾面"②,也就是说似曾相识。佛经中亲朋好友化为天神与人感通者不乏其例,《杂阿含经》卷五十就说:"有天神名阁邻尼,是尊者阿那律陀本善知识,往诣尊者阿那律陀所。"③显庆元年(656)孝敬立为太子,秋八月,高宗为孝敬太子病愈,开始增修改建西明寺,三年(658)六月西明寺建成,高宗诏道宣充上座。而韦琨之仕历,"孝敬为太子,琨以右中护为詹事"④。唐置詹事,掌内外众务,纠弹非违,总判府事。韦琨作为太子府大总管,必定不免与西明寺上座道宣多有交往,结下情谊。韦琨卒于詹事任上,麟德元年(664)道宣初成《广弘明集》时应尚在世,至乾封二年(667)道宣撰著《感通传》被奉为天人,当已去世。

其四,《感通》记载韦将军来访,两篇内容大同小异。《感通录》说:"最后一朝韦将军至,致敬相问,不殊恒礼,云:'弟子常见师,师在安丰坊初述《广弘明集》,割断邪正,开段明显,于前者甚适幽心,常欲相寻。'"⑤据《增订唐两京城坊考》,

---

① (宋)钱易撰,黄寿成点校:《南部新书》,中华书局 2002 年,第 49 页。
② 《大正藏》第 45 册,第 874 页。
③ 《大正藏》第 2 册,第 368 页。
④ 《新唐书》卷一九七《韦丹传》,中华书局 1975 年,第 5629 页。
⑤ 《大正藏》第 52 册,第 442 页。

安丰坊乃丰安坊俗称,其西侧有清明渠流过,故多有池亭,如王涯林亭故宅。① 此处与位于延康坊西南隅的西明寺仅相隔三坊之远,又是西明寺与南山净业寺之间往来的必经之地,故道宣会选在此处著书。天人韦将军对长安街巷俗称和道宣行踪非常熟悉,且全用世俗口吻,未脱人间烟火气。他常到安丰坊寻访道宣,必是生前相知。他高度评价《广弘明集》,自然让道宣感佩不已,故而道宣把这位韦姓显贵知己奉为天神。

三、韦琨与金甲神将形象:文官化为神将的缘由

如前所述,韦驮源自古印度婆罗门教神话的战神塞建陀。作为湿婆之子,他取代了吠陀战神因陀罗,一跃跻身湿婆派众神之列。《摩诃婆罗多》中说:"他的身体配有天生的铠甲,总是在作战时显现。标枪、铠甲、精力、美丽、真实、不可伤害、梵性、不痴迷、保护虔诚者,消灭敌人和保护世界,这一切都是室建陀与生俱有的。"②因此他经常被塑造成俊美青年,印度现存最早的一尊雕于公元 89 年的塞建陀立像即如此,且左手持矛,右手施无畏印。③ 在至今仍盛行塞建陀崇拜

---

① (清)徐松撰,李健超增订:《增订唐两京城坊考》,三秦出版社 2019 年,第 15、235 页
② [印]毗耶娑:《摩诃婆罗多》(二),黄宝生等译,中国社会科学出版社 2005 年,第 433 页。
③ S.K.Ramachandra Rao, *Encyclopaedia of Indian Iconography*, Vol.1, p.283.

的南印地区,他常以"妙梵"(Subrahmaṇya)之名出现,被许多寺庙专门供养,奉为村庄、城镇的守护神。在尊名为"梵行-妙梵"(Brahmacāri-Subrahmaṇya)的塑像中,他是年轻的婆罗门,站在莲花宝座上,身体微曲,两条手臂执杖和金刚杵①,而这些特征都和中国天王殿里的韦驮塑像颇多相似之处。

中国寺庙的天王殿里,两边屹立着东南西北四大天王,冲山门是弥勒像,而弥勒佛背后,面朝大雄宝殿的就是韦驮。有的大寺院也专设韦驮殿,但无一例外,韦驮都被塑造成年轻无髭须、头戴凤翅兜鍪盔、足穿乌云皂履、身披黄金锁子甲、手执降魔杵的神将形象。至于韦驮像为何供奉在天王殿,则应追溯到与唐释不空密切相关的天王堂。

不空奉诏所译《北方毗沙门天王随军护法仪轨》有云:"昔五国大乱,有八个月经月行多法遂无法验,行此法降服五国五万军自平安故,是名随军护法。"②其徒慧朗为之作传,据此演绎出不空在长安诵《仁王密语》,招请五百神兵和天王至安西退三国敌兵的故事:"城北门楼有光明天王怒视,蕃帅大奔","帝因敕诸道城楼置天王像"。③ 不过这时天王像还只是安置在城楼上,与佛教寺院无关。

北宋赞宁《僧史略》述此事,则点明是毗沙门天王第二子

----

① [德] 施勒伯格:《印度诸神的世界——印度教图像学手册》,范晶晶译,中西书局 2016 年,第 111—114 页。
② 《大正藏》第 21 册,第 225 页。
③ (宋) 赞宁:《宋高僧传》(上),中华书局 1987 年,第 11—12 页。

独健率五百"带甲荷戈"神兵,往救安西,而战胜五国敌兵的是毗沙门天王,并增添了图画天王形象进呈的关键情节。而关于供奉天王像,又补充说"至于佛寺,亦敕别院安置"①。这样就把天王像与佛寺联系在一起了。明郎瑛《七修类稿》、清赵翼《陔余丛考》都据此强调"今佛寺有天王堂始此"。②

慧琳《一切经音义》卷二十五:"毗沙门王,此云多闻,即北方天王也。"③他与东西南三位天王号称四大天王,后世天王堂里遂将他们一起供奉。而四大天王部下三十二将之首的韦将军,也得以位列殿中。

明释大壑撰《南屏净慈寺志》卷二:"金刚殿三楹,为寺三门,显德元年建,中龛弥勒佛铜像一尊,后绘韦驮像一尊,左右两壁绘灵山、净土二会塑执金刚神二尊。绍兴初毁,咸淳间住持文宝复建。洪武癸亥又毁,宣德七年住持宗妙、化主普安同建。"④此寺后周初建时山门与金刚殿合一,犹如后世山门与天王殿合一者。其时韦驮像的位置已与今日无二,不过是画像,而非塑像。

从历史发展的角度看,唐前的鸠摩罗天形象基本上多手多臂;而从地域传播的角度来看,西部地区发现的鸠摩罗天

---

① (宋)赞宁撰,富世平校注:《大宋僧史略校注》,中华书局2015年,第223—224页。
② (明)郎瑛:《七修类稿》,上海书店出版社2021年,第527页;(清)赵翼:《陔余丛考》,中华书局2019年,第951—952页。
③ 《大正藏》第54册,第464页。
④ 《续修四库全书》第719册,上海古籍出版社2002年,第426页。

形象亦多如此。在塞建陀中国化的过程中,其形象也日渐简化,从六首十二臂变成五首八臂、三首六臂、一首四臂等。直到唐代经过道宣和道世的本土化诠释,其形象才发生了世俗性改变。少数五代到宋初的这类画作,如五代时期的榆林第36窟南壁千手千眼观音图和法国吉美博物馆藏敦煌绢画《太平兴国六年绘千手千眼观音图》中都出现过多手多臂的鸠摩罗像,这不妨被视为韦驮形象渐变历程的留痕。而日本东京新田氏藏被认为是明代的鎏金青铜韦驮造像尤为特殊,既保留着古印度神话传说中鸠摩罗天多首多臂童子相的特征,又是中国武将身披铠甲的形象。① 这种造型在国内尚未见到,但确实反映了多手多臂的鸠摩罗向中国韦驮天将军形象的过渡。

道宣、道世之后,韦驮的武将形象即开始确立。大同善化寺今存金代鸠摩罗天形象,乃金甲武将,两脚分立,昂首挺胸,左手叉腰,右手捧着竖立的降魔杵,② 与后世常见形象同别。宁夏银川新华东街出土的西夏鎏金韦驮铜造像,"高54厘米,造像为站姿,盔缨飘拂,护耳翻卷,面相方正威严,金甲裹身,下衬宽袖征袍,披带临风飘扬,双手合十于胸,两肘间横托降魔杵,脚踏月牙台神,造型奇伟神武"③。至明,韦驮的这种

---

① 金维诺主编:《中国寺观雕塑全集》(第5卷),黑龙江美术出版社2006年,第190页。
② 金维诺主编:《中国寺观雕塑全集》(第3卷),黑龙江美术出版社2005年,第63页。
③ 金维诺主编:《中国寺观雕塑全集》(第5卷),黑龙江美术出版社2006年,第167页。

形象就逐渐固定为程式化的标准像了。明正统四年(1439)，北京西郊翠微山南麓的龙泉寺，被改建为法海寺，正统八年(1443)完工时，由宫廷画师留下精美的壁画。大雄宝殿北墙东侧所画韦驮天正是合十捧杵、少年无须的英武神将形象。①

但既然韦驮即韦琨，而后者生前不过是一介文官，又怎会化作身着戎装的韦将军呢？其实，唐代多有文官担任武职，如节度使本是固定军事首领，但大多由中央派出文官担任。② 他们迎接上峰，"必戎服，左握刀，右属弓矢，帕首袴靴迎郊"③。从《冥报记》所说"贞观十六年九月八日文官赐射于玄武门"，也可以看出唐代文武参用的端倪。《南部新书》乙卷亦载有唐代"参用文武"之例④。至于世俗文官化为护法天神者，更不乏其例。《感通》所载"南方天王韦将军下使者"王璠，《三国志》不载其名，他自称曾是"大吴之兰台臣"⑤。韦琨化为四天王所属三十二将之首，周统"佛法大弘"的南东西三洲，自然可称将军。而《大慈恩寺三藏法师传》又称韦将军乃"诸天之子"⑥，地位等同于毗沙门天王之子金甲神将独健，他被塑造成顶金盔、掼金甲的神将形象，自然在情理之中。

① 刘燕主编：《法海寺壁画》，香港一画出版社 2008 年版，第 93—95 页。
② 粟时勇等主编：《中国历代文官制度·文官之品级》，国家图书馆出版社 2014 年，第 120 页。
③ （唐）韩愈著，马其昶校注，马茂元整理：《韩昌黎文集校注》（上），上海古籍出版社 2021 年，第 401 页。
④ （宋）钱易撰，黄寿成点校：《南部新书》，第 21 页。
⑤ （唐）道世撰，周叔迦等校注：《法苑珠林校注》，第 491 页。
⑥ （唐）慧立、彦悰；道宣：《大慈恩寺三藏法师传·释迦方志》，第 223 页。

四、从韦驮到密迹金刚、楼至佛和韦护：后世对护法韦驮的误解

清翟灏《通俗编》云："《翻译名义》：韦陀是符檄，用征召也，与今所谓护法韦陀无涉。其护法者，盖跋阇罗波腻。跋阇罗，此云金刚；波腻，此云手，其手持金刚杵，因以立名。《正法念经》：昔有国夫人生千子，试当来成佛之次，至楼至当第千筹。其第二夫人生二子，一愿为梵王，请千兄转法轮。次愿为密迹金刚神，护千兄教法。今因状其像于伽蓝之门。"①翟灏在此把《翻译名义集》中的"韦陀"条与"跋阇罗波腻"条拼合一处，误以为护法韦驮即密迹金刚，其实二者泾渭分明。

《正法念经》，元魏般若流支译作《正法念处经》，今传本未载"千子成佛"事。后唐景霄纂《四分律钞简正记》称引《正法念处经》载其事，然并无"今因状其像于伽蓝之门"之句②。此句应是宋释法云补充的说明，指描绘第二夫人所生二子像于伽蓝之门，即供奉于山门外或内的二金刚像，与韦驮无涉。

关于密迹金刚，西晋竺法护译《大宝积经》卷九已有"千子成佛"的记载，③而国王小夫人生肉胎千子"即贤劫千佛"的传说，在《法显传》里则有详述，④可见其说在古天竺流传已

① （清）翟灏：《通俗编》，商务印书馆1958年，第422—423页。
② 《卍续藏》第43册，第394页。
③ 《大正藏》第11册，第50—52页。
④ （东晋）法显撰，章巽校注：《法显传校注》，中华书局2008年，第80页。

久。景霄、法云等引述《正法念处经》所谓国夫人生千子、小夫人生二子之说,行霆《重编诸天传·金刚密迹传》所载昔有一王生千单二子故事,大致皆源自《大宝积经》:转轮王有千子,十五日月满游园时,有二孩童一名法意,一名法念,坐二位夫人膝上,亦成王子。王作七宝瓶,令诸太子探取筹,得最后筹者为将最后成佛,名曰楼由。法意自誓护千兄成佛,即密迹;法念自誓助诸兄转法轮,今识其梵天是也。密迹手执金刚宝杵,从所执以立名,故称金刚。

如前所引,善慧等人将护法韦驮与密迹金刚相混淆,与翟灏《通俗编》之误基本如出一辙。其实昙译《金光明经》早已将违驮天神、金刚密迹并列,而宗晓则并有《密迹金刚传》《韦天将军传》。传曰:密迹之像"露袒其身,怒目开口,遍体赤色,头上有髻;手中执杵,以跣双足"[1],韦将军则"头顶金兜横宝杵,合十指掌儿童年"[2],二者形象绝然不同。

关于护法韦驮,谈玄断言"在宋徽宗之前,不见有韦驮之记载"[3],实为荒疏。除上文所引的《金光明经》,梁武帝萧衍《断酒肉文》亦将韦驮天神和金刚密迹并举,作为集会誓断酒肉的"鉴观"者[4]。但谈玄仍强词夺理说,萧衍文并没将韦驮

① 《卍续藏》第 88 册,第 427 页。
② 《卍续藏》第 88 册,第 430 页。
③ 张曼涛主编:《佛教文史杂考》,第 175 页。
④ 《宋思溪藏本广弘明集》卷二十六,国家图书馆出版社 2018 年,第 42 页。

天神"定为今时大佛殿前护法神"①，未指明所在位置，何妨其为护法天神。《诸天传》说唐高宗时寺庙皆供奉韦驮②，而前引《南屏净慈寺志》则可证在后周时韦驮已被供奉在三门殿。

因密迹是转轮王少子，故又被后人误认作贤劫千佛的末位佛楼至（由）。上引《大宝积经》和宗晓《金刚密迹传》等已辨析清楚：密迹是转轮王第一千零二子法意太子，而楼至是转轮王的第一千子将最后成佛者。

还有一则流传甚广的传说：佛入灭后，有疾足鬼盗去佛牙舍利，韦陀以独有的足力，腾云驾雾，将它捉回。③"捷疾罗刹（鬼）"盗取佛牙，事见《大般涅槃经·圣躯廓润品》，但经中并未提及韦驮追回佛牙。据宋释宝臣《注大乘入楞伽经·陀罗尼品》，捷疾鬼是北方毗沙门天王的部属。而《宋高僧传·道宣传》又说毗沙门天王之子那吒曾将佛牙献给道宣。此佛牙或即捷疾鬼所盗取者。因此所谓韦驮追捷疾鬼的传说也只是以讹传讹。

至于韦护，则是《封神演义》借用佛教护法韦驮创造的文学形象。他是道行天尊的徒弟，手持降魔杵，下山辅助姜子牙兴周灭商，最后和哪吒等七人肉身成圣，成了"三教护法全真"。该书五十九回写韦护祭起降魔杵打死杨文辉，有诗云："护法沙门多有道，文辉遇此绝真魂。"韦护从佛教里带来的

---

① 张曼涛主编：《佛教文史杂考》，第179页。
② 《卍续藏》第88册，第430页。
③ 宽忍编：《佛教手册》，中国文史出版社1991年，第130页。

294

"护法""全真""手持降魔宝杵"等特征,又使世俗误把他与寺院护法天神韦驮混为一谈。韦护这种由佛入道,又由道入佛的奇怪现象,恰可反映出佛道竞争并渐趋合流现象的一个侧面。

韦驮是中国佛教中影响深广的护法神,前人谈及他往往人云亦云,以讹传讹。系统探究他如何由古印度战神"塞建陀"演化而来的真相,澄清诸多误解形成的原因和过程,正本清源,不仅与当下文化的回顾省思及佛教中国化任务合拍,也对中印文化交流史研究具有较为重要的意义。

（原载《世界宗教文化》2022 年第 6 期,收入本书时略作修订）

图书在版编目(CIP)数据

鸠摩罗出世／（印）迦梨陀娑著；于怀瑾译. —上
海：中西书局，2023
（梵语文学译丛）
ISBN 978-7-5475-2207-3

Ⅰ.①鸠… Ⅱ.①迦… ②于… Ⅲ.①叙事诗-印度
-古代 Ⅳ.①I351.22

中国国家版本馆 CIP 数据核字（2023）第 219559 号

JIUMOLUO CHUSHI

鸠摩罗出世

[印度] 迦梨陀娑　著　于怀瑾　译

责任编辑	孙本初	
装帧设计	黄　骏	
责任印制	朱人杰	

出版发行 上海世纪出版集团
　　　　　　®中西书局（www.zxpress.com.cn）

地　址	上海市闵行区号景路 159 弄 B 座（邮政编码：201101）
印　刷	上海肖华印务有限公司
开　本	890 毫米×1240 毫米　1/32
印　张	10.375
字　数	191 000
版　次	2023 年 12 月第 1 版　2023 年 12 月第 1 次印刷
书　号	ISBN 978-7-5475-2207-3/I · 246
定　价	60.00 元

本书如有质量问题,请与承印厂联系。电话：021-66012351